ちょろいん
ですが
恋人
にはなれませんか？
七条剛

奥《おく》和《わ》田《だ》 澪《みお》
ちょろいん記録⑮分。
征斗のアパートの同居人。
水道トラブルを解決してもらって陥落。
逢《あい》妻《づま》 香《か》乃《の》
ちょろいん記録⑤分。
突然やってきた転校生。
不良に絡まれたところを救われ陥落。

瑠《る》璃《り》
ちょろいん記録10分。
欧州の小国の公女で留学生。
子猫を助けるのを
手助けされて陥落。

「きゃっ!? ちょ、
なによこれ!?」

「たくさん、気持ちいいこと
してあげるよ？」

目次

Choroin
desuga koibito
niha naremasenka?

ちょろいんですが
恋人にはなれませんか？

七条　剛

GA文庫

カバー・口絵　本文イラスト
TwinBox

ちょろいん【ちょろ‐いん】

あっという間に主人公のことを好きになる女の子のこと。

人の良いところを見つける天才で、どれだけ常識外れな主人公であろうとも、短所に目を瞑《つむ》り、長所を最大限まで拡大解釈できる、稀有《けう》な才能の持ち主。

ドーパミンやエンドルフィンなどの、いわゆる脳内麻薬が生成されやすい体質である可能性が指摘されており、医学分野では神経治療への応用ができるのではないかと、ごくごく一部の研究機関で期待されている。

ちょろい、と、ヒロインを掛け合わせた造語である、という説が有力であるが、正確なところは不明である。

序章

Prologue

――そんな奴《やつ》、いるはずがないと思っていた。

空想の世界にだけ登場する、主人公だけに限定された、都合のいい存在。

本来、人が人を好きになるという感情は、もっと複雑で、怪奇で、解析不能なもののはずだ。

確かに、一目惚れ《ひとめぼ》れということもあるだろう。

しかしそれは、往々にして相手の外見に惹《ひ》かれているだけなのだ。

メラビアンの法則が示すように、人の印象は視覚情報に大きく左右されてしまう。

だから、自分のようなイケメンでもない凡人には、なんの関係もない存在のはずだった。

そう、はずだったのに――

「――私、征斗《まさと》先輩のこと、好きになっちゃったんですっ！」

この日、征斗の前に現れたのは、三人のちょろいんたちだった。

真っ赤《まか》になりながら、必死に訴えてきたのは、同じ学校の制服を着た女の子だ。

前の日、あることがきっかけで知り合った、まだ五分しか顔を合わせていない少女。

その子が、癖《くせ》のない綺麗《きれい》な髪を揺らしつつ、上目遣《うわめづか》いでこんなことを言ってきた。

「もう、この気持ちを胸に抑えておくことができないくらい、本当に、好きで好きで、大好きなんです。ですから、征斗先輩。その、私とお付き合い、してくれませんか……？」

もじもじしながら、そんなことを唐突に言われ、完全に思考をフリーズさせられていると、

「――待ってほしい」

そこに、別の声が差し挟まれる。

振り返った先にいたのは、背の低い、どこか眠そうな眼差《まなざ》しを持った少女だった。

まだ小学生と言ってもいいくらいの背丈だが、一応、同じ学校の制服を着ているから、高校生なのだろう。

この子も、昨日会ったばかりで、一緒にいた時間は十分あるかどうかだ。

そして、その女の子が懸命に背伸びをしながら、こちらの顔を見上げると、

「征斗のことを好きなのは、わたしも同じ。征斗、わたしと付き合うといい。たくさん、気持ちいいことしてあげるよ？」

淡々と、しかし、大胆な宣言をされる。

なんと返していいのかもわからないでいると、三度、別の声が割り込んできた。

「――ま、待ちなさいよっ」

三人目は、姿勢がよく、ふわふわと柔らかく長い髪を背中に流している女の子だった。

まともに話すようになってから、一緒にいたのは十五分くらいだろうか。

その女の子が、精いっぱいの勇気を振り絞るようにして、胸の前で両手を握り締め、告げてくる。

「あんたのこと、ずっと嫌いだった。私とあんたは、カマキリとアザラシが恋に落ちるくらい、あり得ない組み合わせだって思ってた。でも、そうじゃないってわかった途端、自分でも驚くくらい、気持ちが溢《あふ》れて止まらないの。これを止められるのは、あんたしかいないんだ。だから、その、私が付き合ってあげても、いいんだからね……？」

潤んだ瞳《ひとみ》で見上げられ、思わず心臓が跳ねるのが自分でもわかる。

突如として三人の女の子に囲まれ、返す言葉も次の行動も見つからず、酸欠の金魚のように、口をぱくぱくさせるしかない。

なにが起こっているのか。

どうしてこうなったのか。

それを理解するために、征斗は、昨日の夜に起こったばかりの出来事を思い出していた。

第一章 そのちょろいんたちがちょろ過ぎて

Choro
desug
koibito n
naremase

ブレンド一杯で二時間粘っていた客が、閉店間際《まぎわ》になって、ようやく出ていった。

「ありがとうございましたー」

レジでお釣りを渡した征斗《まさと》は、カウベルの音を聞きながら、改めて店内を見回す。

古びた大時計がちくたくと時を刻み、アンティーク調で揃《そろ》えられた調度品たちが、静けさの中に落ち着いた空間を作り上げていた。

カウンターの上にはサイフォンが置かれ、静かにコーヒーの香りを漂わせている。

そして、それほど広くないその店内には、もう誰《だれ》も客が残っていなかった。

いるのは、丁寧に客の残したグラスを片付けている少女と、退屈そうにカウンターの奥でノートPCを弄《いじ》っていた女性だけだ。

店長であるその女性——千鳥皐月《ちどりさつき》は、ちらりと柱時計を見上げてから立ち上がった。

「さて、そろそろ店閉めようか。二人とも、上がっていいよ」

「はい」

「わかりました、皐月さん」

皐月の号令とともに、征斗たちアルバイトはクローズの準備を始めた。

ここ、喫茶店《きっさてん》『恋ノ下』には、二人のアルバイトがいる。

そのうちの一人、美月亜里沙《みつきありさ》は、トレイにグラスを載せてから、レジを閉める征斗に笑いかけてきた。

「お疲れさま、久世《くぜ》くん。今日もお客さん少なかったね」

「ん、そうだな」

売り上げを集計しながら、素直に頷《うなず》く。

学校が終わってからシフトに入ったが、来店した客はたったの八人。

店の名誉のために言うと、別にコーヒーが不味《まず》いとか、セットのケーキが美味《おい》しくないとか、そういうわけではない。

単純に、立地が悪過ぎるのだ。

閑静な住宅街の路地奥にある喫茶店なんて、地元民だってほとんど存在を知らないだろう。

「いつかこのお店、潰《つぶ》れちゃうんじゃないかって、ちょっと心配してるんだ。せっかくお仕事慣れてきたのに」

鎖骨辺りまで伸ばしている髪を揺らしながら、亜里沙が店の長である皐月を振り返る。

「皐月さん、大丈夫なんですか？」

「んー？　どうだろうね」

実に興味なさそうな声で、皐月は相変わらずノートPCを弄っていた。

本当に興味などないのだろう。

実際、店の売り上げについてどうこう言っているところは、一度も見たことがない。

「オーナーに聞いてみるといいんじゃないかい？　私は、雇われ店長だからね」

言って、皐月はサイフォンの中に余っていたコーヒーをカップに移した。

皐月は背が高く、一つ一つの所作《しょさ》が、なんでも絵になる人だ。

モデルとして、雑誌の表紙を飾っても違和感はないだろう。達観した物言いをするが、年齢も征斗たちと大して違いはない。

「噂《うわさ》のオーナーさん、わたし、会ったことないんです。やっぱり、お金持ちの方なんですよね？」

「そうとは限らないけれどね。なあ、征斗」

「どうでしょうね」

適当にはぐらかそうとした征斗に、亜里沙は興味津々といった様子で尋ねてきた。

「そっか、久世くんは、オーナーさんと会ったことあるんだよね？」

「会ったことがあるというか、なんというか」

言《い》い淀《よど》んだ征斗を助けるように、皐月が声を挟んでくる。

「亜里沙、そろそろ帰らないと、門限があるんじゃないのかい？」

「あ、いけない！」

古時計が刻んでいる時間を見て、亜里沙は慌ててカウンターを片付け始めた。

「残りはやっておくから、先に帰っていいぞ」

「え、でも……」

「いいから」

亜里沙の両肩を摑《つか》んで、くるりと反転させる。

喫茶店の制服のスカートが、動きに合わせ、ふわりと弧を描いて舞った。

そして、その背中をバックヤードに向けて押してやると、亜里沙は申し訳なさそうな顔で振り返ってきた。

「いつもごめんね、久世くん。この恩は、絶対に返すからね」

「気にしなくていいから、早く帰れ」

追い払うように手を振る。

ありがとう、と言って奥へと引っ込もうとした亜里沙に、征斗は思わず声を投げかけた。

「あ、美月！」

「？」

小首を傾《かし》げて、亜里沙が問いかけてくる。

「どうしたの、久世くん？　あ、やっぱり手伝おうか？」

「いや、そうじゃなくて……」

エプロンのポケットに手を突っ込み、言葉を探すように視線を泳がせた。

しかし、虚空《こくう》にはなんの手助けもないことを思い知らされ、征斗は内心でこっそり嘆息《たんそく》してから、こう絞り出した。

「……暗いから、気をつけて帰れよ」

「うん、ありがとう。また明日、学校でね」

バイバイ、と小さく手を振って、亜里沙が出ていく。

それを黙って見守っていた皐月が、耐えられなくなったように噴き出した。

「くくっ……」

「……なんですか、皐月さん」

「いやいや」

面白《おもしろ》いコメディでも見たような反応で、目尻に浮かんだ涙を拭《ぬぐ》いながら、皐月は綺麗《きれい》な指先を店の外に差し向けてみせた。

「送ってあげればいいじゃないか。クローズは私がやっておくよ。ついでに、伝えたいこともあるんじゃないかい？」

「……なんのことでしょう」

とぼけてみせるも、皐月はカウンターに肘をつき、小さく笑った。

「なにもなければいいさ。けど、亜里沙は贔屓目《ひいきめ》を抜きにしても可愛《かわい》い子だ。誰かに取られてしまってからじゃ、手遅れだよ？」

「ですから、別にそういうのじゃ」

こちらの反論など聞くつもりはないようで、皐月はコーヒーを傾けながら、見透かすような眼差《まなざ》しを向けてくる。

「キミのことだから、我々の活動に、亜里沙を巻き込みたくないとか思っているんだろう？」

「…………」

図星で言葉を返せないでいると、皐月がふっと優しい笑みを浮かべてくる。

「キミのそういう真面目《まじめ》なところ、私は好きだよ。ま、少し真面目過ぎるんじゃないかとは思うけれどね」

怖いくらい鋭い皐月の話をよそに、征斗はエプロンを外し、ぐるぐると丸めて脇《わき》に抱えた。

そして、これ以上突っ込まれないよう、意図的に話のベクトルを捻《ね》じ曲げる。

「……それより、例の件は順調ですか？」

「ああ」

愛機であるシルバーのノートPCを弄りながら、皐月は軽く頷いてきた。

「事前の情報収集はあらかた終わったよ。ただ少し、サーバーが堅牢《けんろう》そうだね」

「手間取りそうですか？」

「かもしれないね。もしかしたら、キミの手を借りることになるかもしれない。どちらにせよ、明日の昼には準備が整うから、その頃《ころ》に一度連絡するよ」

「わかりました」

征斗は改めてレジが閉まっていることを確認してから、カウンター裏に置いてあった自分の鞄《かばん》を引《ひ》っ掴《つか》んだ。

「上がります」

「車で送ろうか？」

「いえ、コンビニで飯買ってくんで」

「ちゃんと自炊した方がいいぞ？　ああ、失敬、作ってくれる彼女を募集中だったね」

「……お疲れさまでした」

バックヤードを抜け、裏口から外に出る。

見上げた空には、コンパスで描いたかのような、まん丸い月が浮かんでいた。

「帰るか」

夜風に目を細めながら、ゆっくりとした歩調で歩く。

近所のコンビニに寄り、そこで適当に弁当を買って、家のアパートで食べて寝る、というのが征斗のいつものパターンだ。

今日はなにで空腹を満たそうかと考えていたところで、

「──し、しつこいですっ！」

そんな鋭い女性の声が、耳に飛び込んでくる。

反射的に目を向けると、コンビニの駐車場の隅、電柱の影になる位置で、一組の男女が言い争っていた。

電柱を背に立っている、征斗と同じ歳《とし》くらいの少女が、目の前の男に再び叫ぶ。

「し、知らないって、言ってるじゃないですかっ」

「知らないわけないじゃんか。ねぇ？」

少女へ覆《おお》いかぶさるような形で、髪を脱色した若い男が、ねっとりとした笑みを浮かべている。

「じゃあ、口を割るまで、遊んであげようか？　朝になってる頃には、すっかり立てなくなってるかもしれないけどね」

「や、やめてください！」

「カカ、いいね、そういうの。そそっちゃうね」

経緯はわからないが、その短いセンテンスだけで、大体の状況は理解できた。

つまるところ、悪がいるのだ。そして同時に、助けを求めている人がいる。

「誰か……！」

「残念、こういう時、意外にみんな助けてくれないんだよ。だってほら、俺《おれ》ら遊びに行くだけだし」

男の言う通り、通り過ぎる人たちは、スマートフォンを眺めながら、足早に去ってしまう。

そのことに絶望したような表情を浮かべた少女の耳元へ、男が冷たく囁《ささや》く。

「それに、もしかして、断れる立場だと思ってんの？」

「…………っ」

少女の顔が強張《こわば》るのが、遠目からでも見て取れた。

そして、征斗が行動する理由としては、それだけで十分だった。

「…………」

ポケットからスマートフォンを取り出し、リモートコンソールを起動すると、征斗はいくつかのコマンドを打ち込んだ。

次の瞬間、駐車場に止まっていた真紅のスポーツカーが、突然唸《うな》りを上げ始める。

「うおっ⁉」

「きゃっ……⁉」

突然爆音を轟《とどろ》かせたスポーツカーに、二人の注意が集中する。

ヘッドライトが強烈なハイビームを焚《た》き、エンジンが龍を連想させるような叫び声を上げた。

「な、なんだ、これ……⁉　なんで、俺の車が……⁉」

慌てるのも当然だろう。車には、誰も乗っていないのだ。

男が慌てているのを横目に、征斗は次々とコンソールにコマンドを叩《たた》き込《こ》んでいった。

「……ナビ経由で電子制御ユニット《ECU》にアクセス、CANのデータを改竄《かいざん》しつつセキュリティを解除、エンジン、ハンドル、ブレーキの制御を取得、速度調節パラメータを限界値に設定」

誰にも聞こえないよう、口の中でコマンドを転がすのは、思考整理の癖《くせ》みたいなものだ。

刹那《せつな》、車は急激にエンジンの回転数を上げる。

爆音が最高潮に達したところで、征斗は最後のコマンドを容赦なく打ち込んだ。

「――イグニッション」

それは、爆発《ばくはつ》といってもいい加速だった。

エンジンは獅子《しし》のような咆哮《ほうこう》を上げ、急速にタイヤを回転させ始める。

凄《すさ》まじい加速にタイヤが空回り、ゴムの溶ける独特の臭《にお》いが周囲にばら撒《ま》かれたと思うと、真紅のスポーツカーは矢のように駐車場から射出された。

「ま、まままま、待てってば⁉」

当然、車は急に止まれない。

そのまま正面のガードレールに突っ込むと、鉄棒の大車輪のようにぐるりと一回転して屋根から落下していった。

「あああ……⁉　俺のスパイダーが……⁉」

凄まじい音を立てながら、見るも無残に大破した車へ、男が大慌てで駆け寄る。

その隙《すき》に、征斗は呆然《ぼうぜん》としている少女の手を引いた。

「こっち」

「え……？」

状況を呑《の》み込めていない少女を、やや強引《ごういん》に引っ張って走る。

振り返らずにコンビニを離れ、角を曲がっても、そのまま走り続けた。

四つ目の角を曲がった先で、念のために監視カメラをハックして追跡されていないことを確認してから、ようやく立ち止まる。

「あ、あの……」

意外にも息を切らしていない少女が、困惑を交えた視線を向けてきた。

その時になって、征斗は少女の手を掴んだままであったことに気づいて、慌てて手を放す。

「ああ、すまない。咄嗟《とっさ》だったから」

「い、いえ、そうではなくっ」

両手と首を同時に振って否定すると、少女は大げさな仕草で何度も頭を下げてきた。

「あの、ありがとうございました！　本当に、本当に助かりましたっ！」

「いや、別に」

改めて、少女を見る。

癖のない綺麗な髪が、頭を下げる度にふわりと舞う。年齢はおそらく少し下だろうか、ぱっ

ちりとした目が印象的な、美人というよりは可愛い系の女の子。

征斗はさり気なくスマートフォンをポケットに滑らせてから、その子に向き直った。

「俺は、なにもしてないし」

「そう、なのですか？　でも、車が……」

振り返って、少女が小首を傾げる。

車の制御システムにハッキングして自爆させた、とは言えず、征斗は適当な言い訳を口にした。

「故障でもしてたんじゃないか。それか、別の人が乗ってたとか」

「そう、でしょうか？　誰も乗っていないように見えましたけど……」

不思議そうに考え込んだ後、少女は不安そうに再び背後を振り返る。

そんな少女の頭に、征斗はぽんと手を置いてやった。

「怖かったな」

「っ」

少女の手が震えている。

そんな自分の状態に改めて気づいたのだろう。我慢していた涙が、堰《せき》を切ったように溢《あふ》れ出した。

「ご、ごめんなさい……私、私……っ」

「いいんだ」

怖くて泣いてしまうのは、当たり前だ。

「あんなのにしつこくされたら、誰だって怖いに決まってる」

「っ……こ、怖かったです……っ」

「それが普通だ。ほら」

ハンカチを差し出してから、男の使っていたハンカチなんて、迷惑かと思い直す。

しかし、少女は気にした様子もなく、すみません、と言って受け取り、それで涙を拭き始めた。

「で、でもでも、どうして、助けてくれたんですか……？」

「どうしてって言われても」

征斗は少しだけ考えてから、単純な問いかけを返す。

「困ってたんだろう？」

「は、はい……」

「だからだよ」

そう、それは本当にシンプルなことで。

「困った人を助けるのに、理由なんていらないだろ。それが正義ってものだと、俺は思うぞ」

「正義……」

驚いたように、少女は涙で濡《ぬ》れた目を見開く。

征斗は月を見上げるようにしながら、自然に出てくる言葉を紡《つむ》いだ。

「正義のヒーローは、見返りを求めないし、誰かを助けるのに理由なんて求めない。何故《なぜ》なら、それが正義のあるべき姿だって、ヒーローたちは知ってるからだ」

「…………」

ぽーっとした表情で、少女は征斗の話をただ黙って聞いていた。

そんな少女を見て、思わず熱く語ってしまったことに気づく。征斗は反射的にそっぽを向くと、

「……いや、なんでもない。忘れてくれ」

「あ、い、いえ、違うんですっ」

慌てた様子で、少女が一歩近づいてくる。

思わず気圧《けお》されるような勢いで、少女は身を乗り出してきた。

「変だとか、思ったんじゃないんですっ。むしろ、その逆で……」

「逆？」

問い返すも、少女はもじもじとして明朗な答えを返してこない。

そして、何故か顔を真《ま》っ赤《か》にして、征斗をじっと見上げてきた。

「あ、あの！　お願いがあるのですがっ！」

胸元《むなもと》で両手を握り締め、背伸びまでしながら、少女はこんなことを尋ねてきた。

「お名前を、教えていただけませんか？」

「名前？」

「はい。その、ダメでしょうか……？」

不安そうな眼差《まなざ》しを受け、征斗はそれを答えないことが罪であるかのように思えて、気づいた時には口にしていた。

「……久世。久世征斗」

「久世、征斗……さん」

何度も反芻《はんすう》するように口の中で征斗の名前を転がす。

なにやら変わった奴《やつ》に捕まってしまったと思っていたら、少女は上目遣《うわめづか》いで名乗りを上げてきた。

「私、逢妻香乃《あいづまかの》って言います」

「はあ」

「よければ、香乃って呼んでください」

呼び方を人に押しつけられたのは、生まれて初めてかもしれない。

香乃と名乗った少女は、緊張した面持ちで、そっと囁くように聞いてくる。

「私は、征斗先輩、って呼んでもいいですか？」

「まあ……それは別に」

なんとなく、年下っぽいので、そう呼ばれてもおかしくはないかもしれない。

首筋にこそばゆさを感じるが、わざわざ断るのもおかしいだろう。

「それと、その、もう一つ、聞きたいことがあるのですけど」

香乃は逡巡《しゅんじゅん》する様子を見せてから、勇気を振り絞るようにして、こんなことを尋ねてきた。

「先輩は今、彼女さんとか、いらっしゃいますか……？」

「……は？」

間の抜けた返事を返した征斗に、香乃はあたふたしながら続けてきた。

「いきなりすみませんっ。でも、そうですよね、いらっしゃいますよね。こんなに素敵な方ですもの……」

「いや、いないけど」

胸に一抹《いちまつ》の寂《さび》しさが訪れるのを、強引に無視して答える。

香乃はぱっと表情を華やかなものにすると、

「ほ、本当ですかっ？　よかった……」

「……よかった？」

征斗的にはなにもよくないのだが、香乃はほっとした様子で胸を撫《な》で下ろしていた。

もしかして、心理テストかなにかだろうか。偏見かもしれないが、女性は占いや心理テストが好きだと聞く。

もしかしたら、そういったものの一環なのかもしれない。

その時、香乃の胸ポケットでスマートフォンが振動する。着信だったらしく、香乃は耳に当てると、

「はい、逢妻です……え？　あ、はい、さっき着きました——え、もうこんな時間!?　すみません、すぐに行きますのでっ」

急に背筋を伸ばすと、慌てた様子で通話を切ってから、香乃はこちらに向き直ってきた。

「今日は本当にありがとうございました！　征斗先輩に、お礼をしたいところなのですけど……」

「気にするな。急ぐんだろう？」

「すみません」

送ろうか、という提案を、すぐ近くだからと断った香乃は、

「それでは、また明日、です。征斗先輩」

そう言って、ぱたぱたと小走りに駆けていった。

途中、何度も振り返って手を振ってきた香乃が見えなくなってから、征斗はふと、残された言葉に首を傾げる。

「…………また、明日？」

その意味がわかるはずもなく、征斗は改めて、家を目指して歩き始めた。


少し遠回りして別のコンビニに寄り、食料を調達してアパートへ戻る。

弁当とペットボトルの入ったビニール袋を指に引っかけながら、征斗は静かな夜の風を楽しんでいた。

静かな闇夜《やみよ》を歩きながらぼんやりとする。そんな時間は、嫌いじゃない。

そんな夜の静けさの中、途中にある橋に差し掛かったところで、

「――いたか⁉」

「いや、ダメだ。この辺りのはずなんだが……っ」

ばたばたとした足音とともに、黒服の男たちが駆け回っている姿が目に入る。

焦《あせ》った様子で走っていくが、その表情には鬼気迫るものがあった。

「……？　なんか、物々しいな……？」

不思議に思いながらも、危うきに近寄らずの精神で、そのまま素通りする。

なるべく目立たぬようにしながら、橋を渡り終えようとしたところで、

「みー」

「…………？」

その小さな鳴き声に、征斗は思わず足を止めた。

「――じっとしているべき。そのままだと、川に落ちちゃうよ?」

続けざま、そんな声が聞こえてくる。

欄干から下を覗《のぞ》き込んでみると、そこには、一人の女の子が、頭上に向けて叫んでいた。

その叫んだ先――橋桁《はしげた》にある出っぱり部分に視線を流すと、まだ小さなトラ猫がいるのを見て取れる。

どうやら、女の子はその子猫に向けて叫んでいるらしい。

「うん、いい子。言うことを聞いてくれたら、チーカマあげるよ?」

「みー」

「チーカマだよ。チーカマ。とっても美味しいよ」

「みー」

女の子はどこか淡々とした口調で言いながら、チーカマを振り振りしてみるも、子猫は警戒して近寄ってこない。

なんとなく気になった征斗は、脇《わき》の階段から河川敷に下りた。

女の子は柵の上に乗り、器用にバランスを取りながら、子猫に手を伸ばしている。

「うん、そう。こっち。こっちが安全。ううん、違うよ。そっちは危ないよ――」

悪い予感というのは、どうして当たるのだろうか。

女の子のバランス感覚は優れていたが、子猫に意識を向け過ぎたのか、バランスを崩して川の方へと落下しそうになる。

「わ」

「――おい」

咄嗟に駆け寄った征斗が、その腕を慌てて摑んだ。

身体《からだ》の小さな女の子だったので、腕力に自信のない征斗でも、なんとか引っ張り上げることに成功する。

「……危なかった」

「危なかった、じゃないだろ。気をつけろよ。落ちたら泥まみれになるぞ」

お世辞にも、綺麗とは言い難《がた》い川だ。

シャワーを浴びたくらいでは、ヘドロの香ばしい臭いは落ちやしない。

「助けられた。ありがとう」

表情の変化があまりなく、淡々とした口調でお礼を告げてきたのは、同じ学校の制服を着た女子生徒だった。

肩口辺りまで髪を伸ばしており、背は女子にしてもなお低い方だ。

合うサイズがなかったのか、ややぶかぶかの制服に身を包んでいる。おませな女の子が、姉の制服をこっそり拝借して着ているかのようだ。

「子猫か？」

「うん。そう」

小さく頷いてから、女子生徒は橋桁を見上げる。

メンテナンス用に設けられたいくつかの踏み台を伝って、子猫が高いところまで登ってしまったらしい。

「あそこから、降りられなくなったらしい。助けてあげたいのだけれど」

「エサで釣るのは？」

「ううん、ダメだった。警戒されているみたいで、むしろ危ない方に――――あ」

人の声に警戒したのか、怯《おび》えた様子で子猫はさらに上へと駆けてしまう。

「あっちに落ちたら、溺《おぼ》れちゃう。この川、結構深いから」

確かに、ここは川幅のわりに水深がそこそこある。流れも速いので、子猫が飛び込んだら、かなり危険だ。

「少し待ってろ」

征斗はビニール袋を置いてから、スマートフォンを取り出す。

ロックを解除してから、必要となるアプリを立ち上げた。コマンドラインに命令を手早く打ち込んでいると、女子生徒がごくわずかながらに眉《まゆ》を顰《ひそ》めた。

「今は非常事態。スマホで遊んでいる場合じゃ――」

「暗いからな。ライトが必要だろ？」

もちろん、そんなものは方便だ。

飛んでいる無線通信の状態を解析し、埋め込まれたデータを手早く復号する。

その中で最適なものを摑み取ると、征斗は橋の下の部分を指差した。

「この橋には、メンテナンスや掃除のための遠隔操作ロボットがついている。橋の下の部分を行ったり来たりしてる丸いの、見たことないか？」

「うん、見たことはある」

女子生徒はわずかに眉を動かして不審そうな表情を作ると、淡々と続けてきた。

「でも、たまにしか動いていない。そんなに都合よく動くはずが――」

「ほら、来た」

征斗が指差した先、橋の反対側から、丸っこい掃除ロボットを一回り大きくしたような物体が、橋の下のレールを自走していた。

「――ＭＱＴＴの内容を改竄して制御しつつ、相互認証機能を一時的にキル、自動動作モードから手動制御モードへの変更を完了」

女子生徒が遠隔操作ロボットに注目している間に、必要な処理を全て実施しておく。

そのまま遠隔操作ロボットが橋のこちら側へ来た時、それに驚いた子猫が、ぴょんと戻ってきた。

「あ、猫が戻ってきた」

その後も、ロボットに追い立てられるように、子猫は河川敷の方へと戻ってくる。

「……？　あのロボット、猫を誘導するように動いている……？」

「たまたまだろ。運がよかったな」

さりげなくスマートフォンをポケットに戻しながら、征斗はしれっと答える。

しかし、相手が動物である限り、予想外の事態というものは発生するもので。

「あ、猫が」

子猫は追いかけられたことで慌てたのか、踏み台を戻るのではなく、川へ飛び込もうと四肢を折り曲げた。

「そっちはダメっ」

人間の制止など聞くはずもなく、ぴょんと跳躍してしまう。

思い切ったダイブをした先には、大きな流れを持つ河川が雄大に待ち構えていた。

そして——

「——よっと」

子猫の動きを予測していた征斗は、川に飛び込みつつ、子猫を両手でキャッチした。

膝《ひざ》上まで水に浸かった状態で、暴《あば》れる子猫をなんとか抱え込む。

「ナイスキャッチ。でも、大丈夫？」

「ああ。子供でも猫だな。しっかり着地したぞ」

「そうじゃない」

女子生徒は川岸に立つと、征斗の身体を不思議そうな眼差しで眺めてきた。

「急に川に飛び込んだりして、あなたは大丈夫？」

「ああ、別に。足だけだし」

本当は腰まで濡れてしまい、かなり気持ち悪いのだが、見栄を張っておいた。

そのまま河川敷に上がると、待っていた女子生徒に子猫を手渡す。

「ほれ」

「うん。ありがとう」

柔らかい子猫を受け取った女子生徒は、安堵《あんど》したように表情を緩《ゆる》めた。

「よかった。怪我《けが》はしてない？」

「みー」

少女が顎《あご》の下を撫でてやると、子猫は気持ちよさそうに身をよじらせた。

子猫に怪我がないことがわかると、少女は一転して征斗に向き直ってくる。

「猫は大丈夫だった。あなたは本当に大丈夫？　怪我してない？」

「ああ」

実際、濡れただけで怪我などはしていない。

「さすがに靴の中が気持ち悪いな。ま、放っておけば乾くだろ」

「そんなことをしていたら、風邪をひく。こっち来て」

征斗の腕を引くと、女子生徒は自分の鞄が置いてあるところまで連れて行く。

そして、鞄の中からハンカチを取り出すと、自分が濡れるのも気にせずに、女子生徒は征斗のスラックスを拭き始めた。

「そんな丁寧に拭かなくてもいいぞ？」

「ううん。そんなのダメ」

ふるふると首を振りながら、女子生徒は抑揚のない声で続けた。

「あなたのおかげで、この子は助かった。しかも、わたしが助けようとしてたのに、上手《うま》くいかなかったのを、助けてくれた。だから、濡れたのは、わたしのせいみたいなもの」

「そんな大げさな」

「ううん。大げさじゃない。これが普通」

意外に世話焼き気質なのか、丁寧、かつ、優しい手つきで拭いてくる。

それがなんだかくすぐったくて、征斗は子猫の顎の下を指で撫でた。

「俺のことはいいから。その子、どうするんだ？」

「うん。どうしよう」

困ったようにつぶやいて、拭いていた手を止める。

女子生徒が反対の手で抱えていた子猫は、呑気《のんき》に後ろ足で頭を掻《か》いていた。

「この子は、捨て猫らしい」

「そうなのか？」

野良《のら》かと思っていた。

女子生徒は橋の下に視線を向けると、

「あっちに毛布を敷いたダンボールがあった。多分、誰かが捨てたんだと思う。たまたまそれを見つけた時、この子の鳴き声が聞こえてきて」

みー、と、肯定するように子猫が鳴き声を上げる。

「大丈夫。この子のことは、わたしがなんとかする。ここで見捨てたら、この子を捨てた人と同じになっちゃうから」

「そうか」

淡々と言い切る女子生徒を見て、征斗は靴の中に溜《た》まった水を捨てながら告げた。

「俺にできることがあったら言ってくれ。できる範囲で手伝うから」

「手伝う？　どうして？」

「だって、困ってるんだろ？」

子猫を抱いている女子生徒に、征斗は当然の回答を返す。

「困っている人を助けるのは、当たり前のことだ。それを見て見ぬフリをするのは、正義じゃない」

女子生徒は不思議そうな表情で見返してくると、ちょこんと小首を傾げた。

「……あなたは、わたしのこと、変な子だと思わないの？」

「そんなこと、思うわけないだろ」

濡れた靴を履《は》き直し、その嫌な感触に眉を顰めながら続ける。

「お前がいなかったら、こいつは助からなかったかもしれない。そういう意味では、お前は一つの命を救ったかもしれないんだ」

「………………」

驚いた様子で、女子生徒は征斗を見上げてくる。

しかし、それは特別なことではなく、ごくごく、当たり前の感覚だった。

「それは、大げさでもなんでもなく、凄《すご》いことだ。とある正義のヒーローも、一つ一つは小さなことかもしれないけど、それが積み重なれば、とてつもない大きな力になるって言ってたぞ。だから、尊敬こそすれ、バカにしたりするはずないさ」

「…………変な人」

「それはお互い様だ」

動物好きなのかは知らないが、必死に子猫を助けようとしていたその心意気は、心地よいものだと思う。

「聞いてもいい？」

女子生徒はそんな征斗の感想が意外だったのか、こちらを観察するように見回してきた。

「わたしは、瑠璃《るり》。あなたのお名前は？」

「久世だよ。久世征斗」

「久世……征斗」

あまり表情が動かない性格のようで、抑揚なくつぶやくも、その目は好奇心で溢《あふ》れていた。

「もう一つ、聞きたいことがある。とても、大事なことなのだけれど」

今日はよく質問される日だと思っていたところで、瑠璃がこんな問いかけを追加してきた。

「征斗は今、お付き合いしている恋人、いる？」

「…………………」

既視感、とでも言うのだろうか。

つい先ほど、同じことを聞かれたような気がする。

「いる？　いない？」

「……いや、いないけど」

素直に事実だけを答えると、瑠璃は安心したように息をついた。

「そう。よかった」

「……よかった？」

瑠璃の言葉の意図を把握する前に、瑠璃は立てかけていた細長い革の袋を肩に引っかけると、反対の手で子猫を抱え直した。

「今日は、もう行かなければいけない。この子のことは、任せてほしい」

「大丈夫か？」

「うん。少なくとも、今日一日くらいは」

瑠璃の腕の中で、子猫が呑気に欠伸《あくび》をする。その顎を軽く撫でると、

「じゃあね、征斗。また明日」

瑠璃はそのまま身軽に土手へ戻って、闇夜に消えていった。

残された征斗は、今日二回目に告げられた言葉に首を捻《ひね》ると、

「明日って、なんかあったか……？」

思い当たる節はなにもない。

同じ学校だから会うこともある、という意味だと思い直し、征斗はビニール袋を拾い直して自宅のアパートに足先を向けた。


二度あることは三度ある、と昔の人は言ったらしい。

冷めたコンビニ弁当と疲れを引きずって、閑静な住宅街にあるアパートへと辿《たど》り着いた征

斗を待っていたのは、

「――ちょっと、待ちなさいよ、大家代理」

仁王立《におうだ》ちで待ち構えていた、一人の少女だった。

腰までの長い髪を揺らした、同年代の女の子。意志の強そうな視線をこちらに向けながら、街灯の下で両手を腰に当てていた。

全く知らない人物ではなく、このアパートで何度か顔を合わせたことがある。

「ああ、確か一〇一号室の……」

「澪《みお》よ。奥和田《おくわだ》澪。これ貼《は》ったの、あんたでしょ？」

澪と名乗ってきた少女は、手にしていたA4サイズの紙を突きつけてきた。

そこには、味気ないフォントと共に、工事のお知らせが書かれている。

「どういうこと？　私、こんなの聞いてないんだけど」

「どうもこうも、そのままの意味だ。ガス管の工事するから、一階はしばらく温水が出ないってだけだよ」

「だけって、大問題じゃないっ！」

地団太《じだんだ》を踏みそうなくらいの勢いで、澪はこんなことを言ってくる。

「シャワーを浴びようと思って入ったら、水しか出なかった私の気持ちがわかる？　五分くらい水しか浴びてなかったから、危うくペンギンの気持ちがわかっちゃうところだったわ！」

「それは凄いな」

言ってる意味はよくわからないが、言いたいことはわからないでもない。

「これ、あんたが貼ったんでしょ？　どういうつもりよ、なんの嫌がらせなの？」

「失礼な。嫌がらせじゃなく、単なる工事のお知らせだ」

「嘘《うそ》つかないでっ。いつもいつも、エアコンが使えなくなるとか、雨漏《あまも》りがするとか、凄い振動音がするとか、そんな張り紙ばっかりしてきて。私になにか恨みでもあるの？」

「……いや、全部、このアパートがボロいからだから」

当然、嫌がらせでやっているわけではない。

築年数だけで言えば、周囲の物件の中で頭一つ抜きん出ているこのボロアパートは、修理の手が入っていない場所はない、というくらいの老兵だ。

「やっぱり、お婆様《ばあさま》の判断は間違っていたんだわ。こんな人を大家代理にするなんて」

「別に、いつでも代わるぞ。大家の婆さんに押しつけられて、困ってるくらいだ」

「言ったわね？」

売り言葉に買い言葉、ではないが、澪はふん、と鼻を鳴らすと、

「いいわよ、私がやるわよ、大家代理。お婆様に言って、今度から全部私がやってやるんだから」

澪が言っているお婆様とは、このコーポオクワダの大家であり、元一〇一号室の住人だ。

今はここを離れており、どういう経緯があったかは知らないが、その孫娘である澪が代わりとして半年くらい前に引っ越してきた。

「とにかく、ガスが通ればいいんでしょ？　なら、ガスの栓を開けちゃえばいいじゃない。これかしら？」

「あ、おい、勝手に――」

征斗の制止を聞かず、澪は剥《む》き出しになっているアパートの配管に手をかける。

次の瞬間、狙《ねら》ったかのように、配管から澪の頭上に水が噴き出してきた。

「きゃっ⁉　ちょ、なによこれ⁉」

局所的なゲリラ豪雨を眺めながら、征斗は冷静に言う。

「それは水栓だし、そこの配管は前に破裂した時から放置してるヤツだから」

「さ、先に言いなさいよ⁉　水が、校長先生の話みたいに止まらないじゃない⁉」

慌てて止めようとするも、水は滝となって降《ふ》り注《そそ》いでくる。

澪の代わりに、征斗が水を止めようとするも、

「あー、これはダメだな……」

古くなった止水栓を無理やりこじ開けたからだろう。元の方向に戻らなくなっている。

征斗はポケットにスマートフォンを入れたまま、指先だけで手早く操作し始める。

「――水道局の管理サーバーに接続、暗号通信のセッション鍵《かぎ》を疑似生成、通信にインタラ

プトしつつコマンドを送信し、一時的にコーポオクワダへの供給を停止」

もちろん、セキュリティに引っかからないための偽装工作も忘れない。

直後、間欠泉のように噴き出していた水が、嘘のようにピタリと止まった。

「あ、あれ、止まった……？」

「大丈夫か？」

一応そう聞いてみるも、どう考えても大丈夫には見えなかった。

全身、濡れていない箇所はないというくらいに濡れており、長い髪がぺたりと身体に貼りついている。

下着が透けて見えるほどだったが、当人はそれどころではなく、

「もうやだぁ……部屋のシャワーも壊れてるのに……っ」

半泣きになりながら、澪は濡れ鼠《ねずみ》になっている自分を見下ろす。

さすがに可哀想《かわいそう》になってきた征斗は、鞄からハンカチを取り出すと、

「ほら、じっとしてろ」

「え……？」

そっと、長い髪を拭いてやった。

もちろん、ハンカチくらいでどうにかなる状況ではないのだが、なにもしないよりはマシだろう。

「すまんな、今ハンカチしか持ってなくて」

「う、ううん……」

小さく首を振って、ぽーっとした目をこちらに向けていたが、澪はすぐにはっとした表情を作ると、

「――じゃなくて！　ちょっと、私はこんなことじゃ騙《だま》されないんだからねっ」

「なにを騙すんだよ」

「とぼけないで。あんた、亜里沙のこと、騙してるでしょ」

「亜里沙……？」

いきなり知人の名前が出てきて、征斗は動きを止める。

「というか、なんで亜里沙のこと知ってるんだ？　もしかして、同じ学校なのか？」

「な……あんた、そんなことも知らなかったわけ？」

澪は驚いたように目を見開いてから、再びきっと征斗を睨《にら》みつけてきた。

「いい機会だから、はっきり言っておくわ。これ以上、亜里沙にちょっかい出さないで」

「ちょっかい……？」

「そうよ」

とぼけないで、と言ってから、澪はこう続けてくる。

「知ってるんだから。あんた、亜里沙と同じところでバイトしてるんでしょ？　いくら亜里沙

に気があるからって、それじゃストーカーじゃない」

「……待て、いろいろ勘違いしてないか？」

「してないわよ。亜里沙はふわふわしてる子だから気にしてないみたいだけど、私の目は誤魔化《ごまか》せないからね」

どうやら、根本的な部分で相互理解が及《およ》んでいないらしい。

「亜里沙は私の大事な親友なの。その亜里沙にちょっかい出すんだから、覚悟はできてるのよね――しゅん！」

可愛らしいくしゃみをした澪に、征斗は努めて淡々と事実だけを告げた。

「あそこでバイトを始めたのは、俺の方が先だ。亜里沙は後から入ってきたんだよ」

「……え？　そうなの？」

目をぱちくりさせた澪に、征斗は深々と頷くと、

「それに、亜里沙とは同じクラスだけど、学校でそこまで話をするわけじゃない。同じ学校だっていうなら、それくらい知ってるだろ？」

「それは、まあ、そうだけど――くしゅん！」

小さく身震いをした澪は、途方に暮れた表情で自分を抱き締めた。

「どうしよう……部屋のシャワー、お湯出ないし……しゅん！」

確かに、だいぶ温かくなってきたとはいえ、まだ夜は肌寒い季節だ。

ずぶ濡れで夜風に当たっていたら、あっという間に風邪をひいてしまうだろう。

「よかったらウチのシャワー使うか？　工事は一階だけだから、ウチの部屋ならお湯出るぞ」

「え……？」

いきなりの提案に、澪は驚いたように双眸《そうぼう》を見開く。

動きを止めた澪を見て、征斗は自分の提案にデリカシーというものが欠けていたことに気づくと、

「ああ、いや、すまん。嫌だよな、男の部屋でなんて――」

「…………。緊急事態だから、仕方ないわよね」

澪は自分を納得させるように、そんなことをつぶやいて頷くと、征斗を見上げてきた。

「その……シャワー貸して。あ、い、言っとくけど、覗いたら殺すからね？」

断る理由もなく、征斗は水道管に手早く応急処置をして、二階にある自室へと澪を上げた。

さほど広くない１ＬＤＫの古めかしいアパート。

古い畳の部屋を中心として、さして物を置いていない、小さな部屋だ。

バブルもオイルショックも経験している大ベテランだが、いかんせん、水回りを中心とした設備に問題を抱えまくっており、今は征斗以外の住民が誰もいない。

「先に使っちゃってもいいの……？」

「ああ。ほら、これタオルと着替えのジャージ。ちゃんと洗ったヤツだから」

押し入れから取り出したタオルとジャージを押しつけると、征斗は少し考え、

「外、出てようか？」

「い、いいわよ。そこまでしなくても」

急にしおらしくなった澪が、タオルとジャージを胸に抱えると、

「じゃあ、借りるわね」

「ああ。ある物はなんでも使ってくれていいから」

「う、うん。その……あ、ありがと」

脱衣所のドアが、静かに閉じられる。

そのまま、するすると服を脱ぐ音が聞こえ、すぐさまシャワーに変わった。

もちろん、覗く気なんてないし、不埒《ふらち》な行為をするつもりもない。

それでも、薄いドアを隔てた先に、全裸の少女がいるのを想像してしまうと、鼓動が速くなるのを抑えられなかった。

そんな自分の煩悩《ぼんのう》を抑えるため、征斗は濡れた制服を手早く着替えると、お湯を沸かし始める。

どれくらい雑念を捨てていただろうか。やがて、古びたヤカンの湯が沸いたところで、

「……ねえ、聞いてもいい？」

ドアの向こう側から、そっと声が聞こえてきた。

「お婆様が倒れた時、救急車を呼んでくれたの、あなたって本当？」

「ん……」

少しだけ躊躇《ちゅうちょ》してから、征斗は当時のことを口に出す。

「まあ、たまたま一緒にいたからな」

「そうだったんだ……その」

わずかな沈黙を挟んでから、澪はそっと、こう告げてきた。

「……ありがと。病院の先生からも、初動で迅速な対応があったから大事に至らなかった、って言われたわ」

「そうか」

あれは、半年くらい前のことだっただろうか。

大家の婆さんと一緒に草むしりをしていたところ、急に婆さんが倒れ込んでしまったのだ。

急いで救急車を呼び、持病の有無を救急隊員に伝え、病院に家族の連絡先などを教えたのは征斗だ。

「婆さん、元気にしてるのか？」

「ええ。今は伯母の家で養生しているわ。ここに戻りたがって仕方がなかったんだけど、さすがに大家の仕事を続けさせるわけにはいかないから」

「そうだろうな」

ペーパードリップのコーヒーを用意しながら、征斗は苦笑する。

「どうせ、ここには俺とお前しか住んでないんだ。無理に戻ってくる必要なんてない」

「わかってないわね。だから、よ」

澪は征斗の言葉を否定してくると、

「あんたがいるから、お婆様は戻りたがっていたの。説得するの、大変だったんだからね?」

確かに、あの偏屈なご老輩が人の言うことを素直に聞くとは思えない。

「じゃあ、なんでお前は――」

「澪よ。お前なんて名前じゃないわ」

「――澪は、どうして、ここに引っ越してきたんだ? シャワーもロクに出ないこんなボロアパートに」

大家代理の任務は、家賃を少しまけてもらう条件で、征斗が引き受けている。

だから、孫娘がわざわざ引っ越してきた時は、疑問に思ったものだ。

「……あんたが住んでたからよ」

「は?」

ぽつりとこぼした澪が、髪を拭きながら脱衣所から出てくる。

「お婆様も、亜里沙も、あんたのこと、妙に褒めるの。征斗はいい子だ、とか、久世くんは優しいんだ、とか。もう、耳タコになるくらい聞かされたわ」

澪の上気した肌を前に、目のやり場に困っていたが、澪はそんなことに気づいた様子もなく続けてきた。

「でも、私はお婆様も、亜里沙も、騙されてるんだと思った。私が大好きな二人を騙すヤツは許せない。絶対に、化けの皮を剝《は》がしてやるんだ——って」

「……まさか、それだけのために引っ越してきたのか？」

「う……まあ、それだけじゃないんだけど」

とごにょごにょ言いつつ、征斗が差し出したマグカップを受け取った。

「でも、違った。あんたはいつも、アパートの手入れはちゃんとしてたし、お婆様のことも助けてくれたし、それに」

そっと、どこか嬉《うれ》しそうに澪が微笑《ほほえ》む。

「亜里沙のことだって、私の勘違いだったみたいだし」

「…………」

そうでもないのだが、余計なことをここで言うべきじゃないことくらい、征斗にもわかる。

小さなちゃぶ台を囲んで二人が座ってから、澪は不思議そうな顔で尋ねてきた。

「でも、どうして、ここまでしてくれるの？　あんたが私を助ける理由なんて、なにもないのに」

「そんなの、決まってるだろ」

自分の分のコーヒーを口にしながら、征斗は最初から一つだけしかない答えを口にする。

「相手が誰だろうと、困ってる人がいて、その人にできることがあるなら、ただそれをするだけだよ。もちろん、余計なことだったり、お節介だったりすることもあるだろうけどさ」

「…………」

驚いたように目をぱちくりさせている澪へ、征斗は淡々と続けた。

「百人のうち、一人でも助かる人がいるなら、それでいい。自己満足かもしれないけど、それでも、救いを求める人がいるなら、ただそれを続けるだけだ――って、洗濯戦隊アラウンジャーのホワイトが口癖のように言っていたぞ」

「……は？　アラウンジャー？」

「知らないのか」

あの名作を知らないなんて、人生の大半を損していると言っても過言ではない。

「悪の秘密結社『ドロンコロン』と戦う、綺麗好きな戦隊ヒーローだ。トレードマークをあしらった洗濯機まで売り出されたほどだったんだが、主要な視聴者である小学生が買えるわけもなく、在庫の山になったという悲しい後日談が話題になっていたんだ」

「……そういえば、洗面所に変な形の洗濯機が置いてあったわね」

家電量販店で投げ売りされていたのを、ついつい衝動買いしてしまった。

もちろん、いい買い物をしたと思っているから、後悔はしていない。

「……変なヤツ」

「お互い様だ」

「ふんだ。ナマイキ」

言いながらも、澪の表情には、最初のような刺々《とげとげ》しさはなく、どこか嬉しさを噛《か》み殺《ころ》すように口元を緩ませていた。

「ねえ……その、聞いてもいい？」

「いいぞ。アラウンジャーの必殺技はバブルクラッシャー、持っている石鹼《せっけん》の数で攻撃力が決定するという斬新な技で」

「そんなこと誰も聞いてないわよ⁉」

澪がばんばんと畳を叩きながら否定してくる。

「全くもう……そ、そうじゃなくて」

もじもじとジャージの裾《すそ》を弄ると、澪は恥ずかしそうに、こんなことを聞いてきた。

「あんた今、付き合ってるカノジョとか、その、いるの……？」

「…………ん？」

この流れを、どこかで体験した記憶がある。

既視感というには、あまりに鮮明な記憶だ。しかし、本能がその事実を思い出すことに対し、強烈な拒絶を示しているような、そんな感覚。

黙った征斗を見て、澪は落胆したような表情を作ると、

「……ど、どうなの？　やっぱり、いる、のよね……？」

「いや……いないけど」

「ほ、本当っ？」

澪は跳ねるように、身を乗り出してくる。

その時、テーブルに出していた澪のスマートフォンが微振動して、主に着信を知らせてくる。

「もう、なによ……って、いけない、もうこんな時間!?」

慌てて立ち上がった澪が、自分の格好をはっと見下ろすと、

「あ、ジャージ返さないとっ」

「いや、いつでもいいよ。暇な時に、部屋の前に置いといてくれ」

「そんなわけにはいかないわよ」

きっぱりと言ってから、澪は自分の脱いだ服を脱衣所から回収すると、

「後で返すし、必ずお礼もするから！　それじゃ、また明日！」

湿った髪を舞わせながら、澪はぱたぱたと外に出ていった。

ぬるくなってしまったマグカップのコーヒーを一口すすってから、征斗はつぶやく。

「……明日……」

ただの平日のはずだが、征斗が知らないだけで、なにかあるのだろうか。

少しだけ開けた窓から、自分の部屋に駆け戻る澪を見下ろし、征斗はしきりに首を捻るしかなかった。


そして、事件が起こったのは、その翌朝のことだった。

いつもより早く起きてしまった征斗は、手早く着替え、寝癖を適当に直してから、鞄を引っかけて外に出た。

太陽が元気に空を泳ぎ、雲一つない青空の下を、征斗はのんびりと歩く。

そのまま橋を渡ると、それなりの勾配《こうばい》を持つ、長い坂が見えてきた。

征斗の通う学校は、坂の上に鎮座している。

そこしか土地が空いてなかったのか、はたまた、学生の運動不足解消を狙ったのかはわからないが、征斗は坂道をのんびり登る感覚が嫌いではなかった。

まだかなり早い時間なので、他《ほか》の生徒の姿はほとんどない。

それでも、皆無というわけではなかったようで、

「――あ、征斗先輩っ」

跳ねるような声を受け、征斗は顔を上げた。

坂の途中、立ち木に背を向けて立っていた少女が、こちらに気づいてぱたぱたと駆け寄って

きている。

その綺麗で真《ま》っ直《す》ぐな髪と、ぱっちりとした瞳《ひとみ》には見覚えがあった。

「……香乃？」

「はい。おはようございますです、征斗先輩」

ふんわりとした笑みを浮かべて、香乃が一礼してくる。

昨日の今日で会うとは思っていなかったが、それよりも気になったのは香乃の纏《まと》っている、見知った制服だった。

「その制服……ウチの生徒だったのか」

「正確には、今日からお世話になるんです。実は、こちらに転入することになりました」

見せびらかすように、制服姿でくるりと一回転してくる。確かに、その制服は真新しくぴりっとした印象を与えてきた。

「そのリボン、一年生か？」

「はい。ですから、征斗先輩、なんですよ？」

悪戯《いたずら》っぽく笑った香乃は、こちらの制服を見て、征斗のことを同じ学校の先輩だと知っていた、ということらしい。

「それで、誰か待ってたのか？」

「はい。その、実は、征斗先輩をお待ちしてたんです」

にっこりと微笑んだ香乃が、意外なことを言ってくる。

征斗が同じ学校であることは、制服でわかったのだろう。しかし、わざわざ早朝に待ち構えている理由がわからない。

「なにか用か？　もしかして、あの男がまた――」

「あ、いえ、違うんです」

小さく首を振って、香乃はそっと両手を胸の前で握り締めた。

「征斗先輩に、どうしても、お話ししたいことがあったんです。それで、その、居ても立ってもいられなくなって……」

少しだけ潤んだ瞳で見上げてきながら、香乃が一歩、歩み寄ってくる。

上気した頬《ほお》に、なにかを期待するような双眸。何故だか征斗の鼓動も速くなり、朝の穏やかな風さえ、どこか遠くに感じられるようになる。

香乃はわずかに間を置くと、意を決したように口を開いた。

「征斗先輩。私、今すぐに、征斗先輩にお伝えしたいことがあって――」

「――見つけた。征斗」

そこに、別の声がインターセプトしてくる。

とん、と軽《かろ》やかに坂の上の方から下りてきたのは、瑠璃だった。

ぶかぶかの制服を適当に着崩し、意外なほど身軽な動きを見せながら、小柄な女の子が征斗の前に着地する。

「坂の上からなら、見つけられると思っていた。けど、思ったより早くて驚いた」

「俺を探してたのか？　もしかして、子猫になにかあったとか？」

「ううん、違う。征斗に、言わなきゃいけないことがあるから、待ってただけ」

小さく首を振って、どこかぼんやりとした眼差しを征斗に向けながら、瑠璃は続けてきた。

「こういう気持ち、初めてだから、どう言ったらいいかわからなかった。でも、考えても考えても、一つの答えしか出てこなかったから、それをただ、征斗に伝えればいいとわかった」

淡々と、それでいて、力の籠《こ》もった言葉を、瑠璃は征斗にぶつけてくる。

瑠璃は小さな身体に大きな意志を宿し、その心の底にあるものを言語化してきた。

「今日、征斗に一番に伝えたかった。征斗、わたしは、征斗のこと——」

「——見つけたっ！」

三度、割り込む声。

振り向くと、坂の下から息を切らしながら、一人の女の子が駆けてきていた。

「よかった、間に合った……！　もう、部屋に行ったら、いないんじゃない……っ」

「ああ、今日はちょっと早く目が覚めたから」

静寂は金よりも重く尊いと思っているので、朝の静かな教室というのは、昔から好きだった。

そんな征斗の前に立ったのは、下の階の住人である澪だった。

息を整えながら、髪の具合を手早く直している澪に、征斗は問いかける。

「なにか用だったたか？　ガスのことで、なにか問題があったとか？」

「そ、そうじゃないんだけど」

ゆっくりと頭を振ると、澪は少しだけ呼吸が落ち着くのを待ってから、静かに話し始めた。

「……本当は放課後まで待ってから、言おうと思ったの。でもね、もう、膨らみ過ぎた風船みたいに、自分の気持ちを抑えることができなくなりそうで……それで、その……」

「気持ち……？」

そういえば、香乃も似たようなことを言っていた。

澪は頬を桃色に染め、落ち着きなく指先を組み替えながら、上目遣いを寄越してくる。

そして、澪は覚悟を決めたように両手を握り締めると、征斗にぐっと顔を近づけてきた。

「あの、さ。驚かないで聞いてほしいんだけど。私、あんたのこと――」

「――ま、待ってくださいっ」

それまで黙って聞いていた香乃が、慌てた様子で割って入ってくると、

「私が最初にお会いしたので、私のお話を先にしてほしいですっ」

「そんなの知らない。こちらは特に大事な要件。優先度はわたしの方が高い」

「そ、それは私も同じよ！　この件に関してだけは、少しだって待てないわ！」

三人はそれぞれ、一歩も譲らない姿勢を示す。

何故だろうか。なんだかとても嫌な予感がしてくる。

「であれば、早いもの勝ちですっ！」

通学路の真ん中、香乃が他の二人をすっとかわして前に出ると、わずかに潤んだ瞳で征斗を見上げてきた。

「あの、征斗先輩。突然、こんなことを言われて、驚いてしまうと思うのですけれど」

そして、心の奥底にある純粋な感情を、ただただシンプルな言葉に変換して、伝えてくる。

「――私、征斗先輩のこと、好きになっちゃったんですっ！」

その声は、真っ直ぐに征斗の心を貫いてきて。

「もう、この気持ちを胸に抑えておくことができないくらい、本当に、好きで好きで、大好きなんです。ですから、征斗先輩。その、私とお付き合い、してくれませんか……？」

香乃の声と純粋な瞳を受け、征斗はただ、動けずに一人の少女の告白を受ける。

もちろん、誰かから告白されたのなんて、生まれて初めてだ。

どうしていいかもわからず、思考も身体もフリーズしていたところで、

「――待ってほしい」

瑠璃がすっと音もなく間に入ると、透き通るような眼差しで征斗を見上げてくる。

「征斗のことを好きなのは、わたしも同じ。征斗、わたしと付き合うといい。たくさん、気持ちいいことしてあげるよ？」

とんでもないことを淡々と言いながら、瑠璃がそっと身を寄せてきた。

しかし、それを止めたのは、もう一人の女の子で。

「――ま、待ちなさいよっ」

割って入るように、今度は澪が征斗の前に立つ。

長い髪を落ち着きなく弄りながら、澪はそっと上目遣いを寄越してくると、

「あんたのこと、ずっと嫌いだった。私とあんたは、カマキリとアザラシが恋に落ちるくらい、あり得ない組み合わせだって思ってた。でも、そうじゃないってわかった途端、自分でも驚くくらい、気持ちが溢れて止まらないの。これを止められるのは、あんたしかいないんだ。だから、その、私が付き合ってあげても、いいんだからね……？」

震える子犬のような目で見上げられ、反射的に頷きそうになってしまう。

徐々に人が増えてきた通学路で、可愛い女の子三人に囲まれている自分がいる。

しかも、三人同時に告白されるなんて、一体、なんの冗談だろうか。

再び、互いに牽制《けんせい》し始めた香乃たちを横目に、征斗はただ、訪れた頭痛と共に青く高い空を仰《あお》ぐしかなかった。

第二章　ピースメーカー

昼は、購買でパンを買って済ませることにしている。

理由は二つ。一つは、安いこと。

懐《ふところ》事情が決して温かくない征斗《まさと》としては、購買の安いパンの存在は非常にありがたい。

もう一つは、片手で食事ができることだ。

今日もこうして、右手にパン、左手にスマートフォンという姿勢を保ちながら、屋上で昼食を取っていた。

『すまないね、せっかくの昼休みに』

「……いえ、別に」

電話の相手は、皐月《さつき》だった。

時候の挨拶《あいさつ》を省略した皐月だったが、電話越しにもこちらの異変を察知したらしい。

『元気がないようだけれど、どうかしたのかい？　亜里沙《ありさ》にセクハラして、絶縁でもされたのかな？』

「……そんなことしたら、捕まってますよ」

『そうかい？　案外、嫌がられないいんじゃないかって、私は思うけどね』

からかうように皐月が笑う。

このまま皐月のペースでいると永遠に話が進まないので、征斗はパンを齧《かじ》りながらスキップのカードを切る。

「それで、今回のターゲットのことですよね？」

『ああ、セキュリティが厳重なサーバーがあってね。悪いんだけど、ちょっと見てくれないかな』

言って、皐月がスマートフォンにデータを転送してくる。

それを一瞥《いちべつ》した征斗は、スマートフォンの自作アプリをいくつか立ち上げ、世界中に分散させている踏み台サーバーに繋《つな》げた。

そこからリモートでアクセスしつつ、並列処理のコマンドを拠点のマシンに投げ、ターゲットとなるサーバーのあらゆる情報を解析していく。

目まぐるしくコンソールが入れ替わり、様々な情報が十六進数で流れ、それらを自作の解析用ＡＩに突っ込みつつ、浮かんできた情報を素早く取捨選択し――

そんなことを一分ほど続けていたところで、

「――はい、終わりました」

最後に全ての痕跡を残らず削除してから、征斗は再びスマートフォンを耳元に戻して告げた。

電波の向こう側から口笛を一つ、皐月は感嘆の声を上げてくる。

『もうルートが取れたのかい？　相変わらず、見事な腕だね』

「サーバー自体は守りが固かったですけど。同一LANの中にあるNASの一つが古かったみたいです。23番ポートが開いてれば、もうそこからどうにでもなりますよ」

『パスワードは？』

『サーバールームの監視カメラの記録が残ってたんで。解像度が高過ぎるのがセキュリティリスクだってこと、知らない人が多いみたいですね』

言ってから、中の情報を、自動抽出ソフトを使って根こそぎ吸い上げる。

海外にある複数の中継サーバーを介して転送されるのを待ちながら、征斗は目を細めた。

「で、ここが例の？」

『ああ』

皐月の手元で、ノートPCのキーが打たれる音が聞こえてくる。

画面を同期させると、そこに征斗たちが求めていた情報が映し出された。

『ビンゴだね。やっぱり、輸入代理店を装った、人身売買組織の本拠地のようだ』

そう、これが、今回の標的だ。

数年前からアングラの会員制サイトで、人身売買を行っている組織があった。

巧妙な手口から各国の警察機関の監視をかいくぐり、これまで、やりたい放題にしていたその組織に目をつけたのが、今から一週間前。

『顧客情報、売買の記録、裏についているマフィアや資産家などの全データの抽出が完了したよ』

皐月から転送されたデータの中身を見る。

そこに残されていたデータは、思わず眉《まゆ》を顰《ひそ》めるようなものばかりだった。

「……子供が多いですね」

『誘拐されたり、親に売られてしまったり。そんな子たちを集めて商売の道具にしているんだ。まさに、人間のクズだな』

珍しく、皐月が吐き捨てるように言う。

『誘拐された子供たちが売買されていた記録などを、世界中の政府機関やメディアに発信しておいたよ。拠点も警察機関に座標つきで送りつけたから、これで一網打尽だろう』

「ありがとうございます」

『なに。正義に従い、世界の秩序と安定を守るという、我々ピースメーカーの理念に従ったにすぎないよ』

ピースメーカー――

そんな名前の天才ハッカー集団が現れたのは、三年ほど前のことだった。

構成人数やバックボーンなどは不明。規模も設備もわかっていない。

そんな謎《なぞ》だらけの集団が一躍有名になったのは、ウクライナでの武力衝突を未然に防いだ事件だ。

当時、独立勢力と軍とが、互いに虚構と誇張に塗《まみ》れた情報を信じ、交戦直前の状態まで緊張を高めていた。

一触即発だった中、ある組織が双方に本当の情報を提供した上で、対話の場を作ったのだ。

結果として武力衝突は回避されたが、それを為したのが、とある天才ハッカー集団である、という情報は、瞬く間に世界中へと拡散された。

その後も、テロの計画をハックして警察に流したり、議員の汚職情報を告発したりと、国や地域に関係なく、ピースメーカーは世界中で活動を続けている。

『でもまさか、その天才ハッカー集団のリーダーが、恋に悩む高校生だとは、誰《だれ》も思わないだろうね』

「…………」

からかうような皐月の声に、返す皮肉も見つからない。

ぐうの音も出ないことを言ってくる皐月に、征斗は意図的に話題を元に戻すと、

「それより、各国政府の反応はどうなるでしょうね?」

『以前よりも、我々の活動に理解を示してくれているから、そこは心配いらないかな。感謝状を贈りたいとか、報酬を受け取ってほしいとか、そういった連絡が山のように届いているくら

いだから』

ピースメーカーの活躍が有名になるにつれ、そういったことが増えてきた。

『そういえば、少し前、バルクシュタイン公国から妙に熱心なコンタクトがあったんだよ。なんでも、要人が攫《さら》われていたのだけれど、我々の情報を元に救出できたそうでね』

「バルクシュタイン……確か、バルト海に面した小国でしたね」

『ああ』

征斗は名前くらいしか知らない国だったが、博識な皐月はよく知っているようで、

『優秀な技術者や研究者が多く、知財権で経済を成り立たせている、珍しい国だね。けど、もともとは騎士であったバルクシュタイン卿が領土を与えられたのが始まりで、日本への留学生も多いそうだよ』

「そういえば、この学校にも留学生がいるって話を聞いたことがあります」

もちろん、友達でもなければ、誰なのかも知らないのだが。

『他《ほか》にもいろいろ連絡が来ているけれど、対応はいつも通りでいいかな？』

「はい。全て断ってください」

答えは決まっているので、征斗は即答する。

「我々ピースメーカーは、お金や名誉のために活動しているわけではありません。純粋に正義を貫くためには、どこの国や組織にも依存しないことが大切ですから」

『ああ。キミならそう言うと思って、そのように手配しているところだよ』

皐月が愉快そうな笑みをスマートフォン越しにこぼしてくる。

『ただ、世界中の悪事を暴《あば》き続ける、天才ハッカー集団ピースメーカーの注目度は、最近急上昇中だ。メディアでもよく取り上げられているし、コンタクトを熱望する人も少なくない』

それは、前から懸念《けねん》されていたことだ。

有名税のようなものだが、いいことばかりではないのも確かだ。

『特に、最近はピースメーカーを目の敵にする勢力も増えていることだしね』

「我々の情報を、躍起《やっき》になって収集している輩《やから》も出ているんでしたっけ」

『ああ』

皐月は少しだけ間を置いてから、こう続けてきた。

『それと関連してね。昨日、こんなアカウントを見つけたんだ』

転送する、と言われ、征斗は回線を繋いだまま、送信されたアドレスの先へ跳ぶ。

「黒猫《Black Cat》……？」

そんなアカウント名で、サムネイルも黒い猫が表示されている。

捨てアカだろうか。誰とも繋がっていないそのアカウントに、ただ一つ『拝啓ピースメーカー様』と題された、こんなメッセージが載せられていた。

『電撃的なあなたのハック、今回も痺《しび》れるくらいに凄かったです』

記載されているのは日本語で、そして、二行目にはこう記されていた。

『いつもわたしのハートを刺激してやまないあなたのことが、好きになってしまいました――黒猫より』

三回ほど読み返してみる。何故《なぜ》だろうか、今朝方あった出来事をリフレインさせるに十分な内容がそこに記載されている。

「…………」

『？　どうかしたのかい？』

「あ……いえ、なんでも」

けほん、と咳払《せきばら》いを挟んだ征斗へ、事情を知らない皐月はこう告げてきた。

『文面の意味は不明だが、この投稿、先月、スペインに潜伏していたテロ組織へハックした、その直後に上げられたものなんだ』

「偶然にしては、出来過ぎですね」

つまり、狙《ねら》って征斗たちにメッセージを残してきたのだ。おそらく、こちらのハックを観察していたのだろう。

『悪戯《いたずら》かもしれないが、私の方でも注意しておくよ。それから、次のターゲットについてなんだけれど』

本題はこちらだったらしく、皐月はその内容をかいつまんで説明してきた。

「――国際詐欺グループ？」

『ああ』

喫茶店《きっさてん》にいるサイフォンが立てる音と共に、皐月が続けてくる。

『正確には、闇金《やみきん》に近いかもしれないね。相手に返せないほどの金を貸しつけたり、騙《だま》したりして、その人の人生すら取り立て対象にする。そんな詐欺グループがあるのさ』

世界中で起こるトラブルの大半は、金が絡《から》んでいると言っても過言ではない。

金のためならなんでもする、という輩は、想像以上に多く、そして、躊躇《ちゅうちょ》なく他者から搾取するものだ。

『彼らの呼び名はブラックノート。そうやって貸し剝《は》がしたものは、金や物だけではなく、その人自身だったり、その家族だったりと、とかく容赦がないことで有名だそうだ』

「ただの貸金じゃなさそうですね」

『ああ』

皐月が目をつけたくらいだ。なにか理由があるのだろう。

『それが最近、日本にも手を出してきているようでね。実のところ、我々ピースメーカーにも助けを求める声がいくつも届いているんだ』

直接寄せられる、というよりも、ＳＮＳなどでそういった声が上がっている、という意味だ。

実際、ピースメーカーが有名になってからは、そういう声はあちこちから聞こえてくる。

「明らかに違法ですよね。警察は？」

『貸す相手にも脛《すね》に傷のある相手や、身寄りのない人なんかを巧妙に選んでいるようで、被害者も警察を頼れないそうなんだよ』

「素人《しろうと》集団ではないですね」

その手の悪事に相当慣れた、いわゆる、本当の犯罪グループだ。

『警察も、見かけ上はただの小悪党に見えるらしく、それほど本腰を入れて捜査はしていないんだ。それこそが、奴《やつ》らの狙いなのかもしれないね』

警察が手を出しにくいが、被害者が多い犯罪組織。

ピースメーカーが狙う相手としては、十分に条件が整っていた。

「わかりました。では、次のターゲットはそれで」

『ありがとう。とりあえずこちらでリサーチを開始するよ。詳細がわかったら、また連絡する』

その辺りの段取りは、皐月に任せておけば間違いないだろう。

話はそれで終わりかと思ったが、今度は一転して明るい口調で皐月が尋ねてきた。

『で、亜里沙への告白の段取りは整ったのかい？』

「……なんの話ですか」

『気になるじゃないか。心配しなくても、ウチの店は職場恋愛を禁止していないよ』

「そんな心配はしていません」

皐月が浮かべているであろう、にやにやしている口元を想像しながら、征斗は言葉を返す。

「それに、今は別の問題が持ち上がっているというか、なんというか」

『別の問題？』

興味深そうに語尾を上げた皐月へ、征斗は少し迷ってから問いかけた。

「あの、つかぬことを聞いてもいいですか？」

『なんだい、珍しいね。もちろん構わないよ』

目の前にいたら、きっと、皐月は身を乗り出していただろう。

俗世に興味なさそうなクセに、この手の話にはとても敏感なのだ。

そんな皐月へ、征斗は昨日の夜から悩んでいることを口にする。

「女の子が誰かを好きになるために必要な時間って、どれくらいなんでしょうか？」

『……うん？』

さすがの皐月も意図を読めなかったのか、不思議そうな声で問い返してくる。

「直近の統計だと、女の子は五分、十分、または十五分で、出会ったばかりの人を好きになるみたいなんですけど」

『それはアレだね。詐欺だよ』

「ですよね」

やはりそうだったか。危うく騙されるところだった。

『なんだい。もしかして、浮気《うわき》かい？』

「なんですか、浮気って」

『いやいや、キミから浮いた話なんて、初めて聞いたからね。なにがあったのかは知らないけれど』

そこで言葉を区切った皐月は、少しだけ声のトーンを変えて、こう続けてきた。

『気づかないかい？　さっき伝えた話の中に、同じ言葉が混ざっていただろう？』

――あなたのことを、好きになってしまいました。

黒猫という名前と共に、そんな一言がリフレインする。

「………まさか」

『キミは、キミが思っている以上に、普通の人とは違う。ただの男子高校生ではないんだよ』

皐月は声に警戒色を含ませながら、忠告してくる。

『だから、周りでおかしなことが起こったなら、それは警告のサインだと思った方がいいだろうね』

「警告……」

つぶやいてから、ぱさぱさのコッペパンを齧る。

自慢ではないが、人生でモテたことなど一度もない。人には人生のうち、モテ期が三回訪れるというが、それが同時に来るなんていう話は聞いたことがない。

となれば、皐月の推察が当たっていると考えた方がよさそうだ。

「ちょっと、調べてほしいターゲットがいるんですけど」

言って、出会ったばかりの少女たちの情報を、ざっと口頭で伝達する。

『三人の女の子、か。面白《おもしろ》いね。いいだろう、使っていたベビーカーのメーカーも割り出しておいてあげよう』

「いえ、そこまでいりませんから」

本当にやりそうなので釘《くぎ》を刺しておく。

『では、食事中、邪魔したね』

皐月の愉快そうな笑みを耳に残し、征斗はスマートフォンを胸ポケットに戻した。

「詐欺か。それは、まあ、そうだよな」

コッペパンの袋を丸め、次のメロンパンを齧りながら、三人の少女たちを思い出す。

三人が三人とも、魅力的な少女たちだった。

それぞれ特性は違うし、共通点なんてなさそうにも思えるが、彼女たちの誰かが黒猫なのかもしれない。

「……気をつけるべき、だな」

気を引き締めて、メロンパンを力強く咀嚼《そしゃく》したところで、

「——征斗先輩は、本当に格好よかったんですっ！」

そんな弾んだ声が、すぐ近くから聞こえてきた。

屋上への立ち入りは、基本的に禁止されている。

征斗が出入りしているのは、美化委員として、屋上緑化の手入れをする、という名目があるからだ。

だから、屋上に別の生徒が出入りすることはない。

屋上への出入り口から死角になる位置で電話していたのだが、そのせいで、屋上に別の人物がいることに気づいていなかった。

そっと覗《のぞ》き込んでみると、反対側の日影になる位置で、ご丁寧にレジャーシートを敷いてご飯を食べている三人の女子生徒が目に入る。

しかも、その三人に見覚えがあった。

「あの三人……」

今朝方会った、三人の女子生徒だ。

少なくとも、見た目は抜群に可愛《かわい》い女の子たちが、お弁当を突《つつ》きながら談笑していて。

「私が怖い人に絡《から》まれていた時、征斗先輩が風のように颯爽《さっそう》と助け出してくれたんです！」

「そんなことがあったの？　そっか、あいつ、なかなかやるじゃない」

「征斗はやる男だと思っていた。さすがは、わたしが見込んだだけのことはある」

「でも、征斗先輩、どこ行っちゃったんでしょう……？　昼休みは屋上にいることが多いと聞いてきたんですけど……」

「屋上のドアは、いつも施錠されてるんだけど。私も入ったの初めてよ」

「征斗は美化委員らしい。屋上緑化の手入れをするために出入りしていると聞いた」

「そうなんですか……？　征斗先輩、綺麗《きれい》好きなんですね」

「ええ、アパートもよく掃除してくれているわ。花壇の手入れもしているみたいだし」

「動物も好きらしい。昨日、困っている子猫を助けてくれた」

「うー、私もその場にいたかったです……きっと、征斗先輩、すっごく格好よかったんでしょうね……」

「でも、そんなことばかりじゃ、困るわ。これ以上、征斗のことを好きになる人が増えたら、どうすればいいのよ……？」

「それはわたしも懸念している。征斗のよさをみんなが知ってしまったら、みんな征斗を好きになってしまう」

「であれば、その前に、征斗先輩にその気になってもらうしかありませんっ」

「そ、そうよね。うん、やっぱり、そうするしかないわ」

「同意だけれど、負けない。征斗は必ずわたしが貰《もら》う」

笑ったり落ち込んだり、喜怒哀楽を隠しもせず、香乃たちが騒いでいる。

「……あいつら、一体、なにをやってるんだ……」

話題の中心になっている征斗は、思わず頭を抱えたくなってくる。

しかし、そんな隙《すき》を見せるべきではなかったようで、澪《みお》が目ざとく征斗を発見してきた。

「あ、征斗っ」

「…………」

「あ、ちょっと、なんで逃げるのよ⁉」

くるりと踵《きびす》を返した征斗だったが、ほんの一瞬で近寄ってきた影が、征斗の背中に跳びついてくる。

「――逃がさない」

「うおっ⁉」

こちらの首に両手を回し、細くて白い脚を征斗の胴に絡めてくる。

想像以上に身軽な動きでこちらの背中に貼《は》りつき、思いの外強い力でホールドしてきた。

「ちょ、危ないだろ、離せ⁉」

「危なくない。大丈夫。だからこのまま征斗にくっついている」

剝《は》がそうとするも、瑠璃《るり》はがっちりくっついていて離れない。

「征斗の背中、温かい。ぬくぬく」

なにやら温泉にでも浸かっているようなことを言いながら、瑠璃は征斗の背中に頬《ほお》ずりしてくる。

剝がせないなら振り落とそうと身体《からだ》を右に左に大きく振るも、磁石でくっついているかのように、瑠璃はぴったりと貼りついて離れなかった。

「この……なんてバランス感覚だ……っ」

「これくらい普通。征斗が少し鈍いくらい」

こちらの右肩からひょいと顔を覗かせて、瑠璃が淡々と言ってくる。

そうこうしている間に、香乃《かの》と澪も追いついてきた。

「瑠璃ちゃん、ナイスです！　征斗先輩、こんにちは」

「いや、お前ら一緒に食ってたんだろ？　俺《おれ》なんかほっといて、そのまま食べてろよ」

「いえ、実は、まだ食べてないんです」

言われてみれば、香乃たちが座っていたレジャーシートにお弁当の包みらしきものは置かれているが、手をつけられた様子がない。

「みんなで征斗先輩をお待ちしていました。お昼休みになって征斗先輩をお迎えに行ったら、もう教室にいらっしゃらなかったので」

「食べる約束なんてしてないだろ……」

「はい。でもでも、征斗先輩と食べたくて、来ちゃいました」

香乃はお弁当の包みを胸元《むなもと》に持ち上げ、可愛らしく微笑《ほほえ》む。

ここで言い争いをしても埒《らち》が明かないと判断した征斗は、蜘蛛《くも》のように纏《まと》わりついている瑠璃を振り返った。

「わかった。わかったから、とりあえずお前は下りろ」

「逃げない？」

「逃げない。逃げないから、早くしてくれ……」

ようやく下りた瑠璃に手を引かれ、そのままビニールシートに腰を下ろした。

——周りでおかしなことが起こったなら、それは警告のサインだと思った方がいいだろうね。

皐月の言葉が、脳内でリフレインする。

この三人のうち、誰かが黒猫なのだろうか。

そう考えると、可愛く微笑む女の子たちが全員、怪しい魔性《ましょう》の女に見えてしまう。

「お前ら、知り合いだったのか？」

「いえ、初対面です」

さらりと否定してきた香乃が、三人で集まっていた理由を説明してくる。

「征斗先輩を捜して屋上へ来た時、たまたま一緒になりまして」

「みんな征斗に助けられたことを知って、仲良くなった」

「ええ、そうなの。偶然って凄《すご》いわよね」

自分で言うのもなんだが、こういうのは普通、敵同士と捉《とら》えるのではないのだろうか。

しかし、当人たちは気にした様子もなく、にこにこと談笑していた。

「あの、征斗先輩、ごめんなさいっ！　私、先輩が朝にご用があるとは知らなくて……あの後、大丈夫でしたか？」

「……ああ、まあ」

今朝方、通学路で三人の少女に、同時に告白された。

しかも、三人とも方向性は違えど、魅力十分な子たちだった。

当然、常識的に考えれば、そんなこと起こるはずもない。

なにがどうなっているのかわからず、用があるから、と嘘《うそ》をついて学校に逃げ込んだのだ。

言葉を濁した征斗に、対面に座った瑠璃が小首を傾《かし》げて聞いてくる。

「征斗、お昼はパン？　朝や夜は？」

「適当だよ。一人暮らしだから、結構、コンビニとかで済ませることが多いけど」

「それは、身体に悪い」

抑揚のない口調で言ってから、瑠璃はこんな提案をしてきた。

「必要があれば、作りに行く。特定の洋食なら、ちょっと自信あり」

「いや、いい……」

「遠慮することはない。もちろん、デザートにわたしを食べてもらってもいい」

頬の一つも赤らめずに、瑠璃はとんでもないことを口にしてくる。

甘くて美味《おい》しいよ、などと胡乱《うろん》なことを言い始めた瑠璃だったが、その隣に座った澪が征斗の前にすっと大きな包みを差し出してきた。

「こ、こほん……ねえ征斗、もしよければ、これ、食べない？　ちょっと、作り過ぎちゃったから」

「ちょっとって……これ、お重だぞ……？」

解いた包みから出てきたのは、そこから豪奢《ごうしゃ》な装飾がなされた、漆塗りの重箱だった。

そこにびっしりと、色とりどりのおかずが詰め込まれている。

「い、いいじゃない、別に！　その、あれよ、たまに、横綱みたいにたくさん食べたいから、自分でもわけわからないくらい作り過ぎちゃうこととか、あるでしょ？」

「いや、ないけど」

「なんでないのよ!?」

何故か怒られる。

「いいから、ほら！　パンだけじゃ栄養が偏るでしょ？」

ひょいひょいと、蓋《ふた》におかずを載せてこちらに差し出してくる。

「……これを食べたら、なにか自白させられるようなこと、ないよな……」

世の中には、自白剤というものがある。

黒猫の目的がピースメーカーの情報だとするなら、これを食べさせて、洗いざらい征斗の持つ情報を引き出そうとしているのかもしれない。

「……ちょっと、なんで十字を切ってるのよ？」

「いや、もし死んだら、次は猫に生まれ変わらせてほしいと神様にお願いを」

「どれだけ失礼なのよ！　……けど、そっちがその気ならっ」

澪は箸《はし》をひらめかせると、お重の中のポテトサラダを摑《つか》み、そのまま征斗の口に突っ込んできた。

「んぐっ⁉」

「黙って食べなさい。言っとくけど、料理はお婆様《ばあさま》から徹底的に仕込まれた、本格派なんだからね。まあ、まだ修業中ではあるけど……」

口の中に広がったのは、ほんのりとした甘み。

そこにほどよい歯ごたえと、時々訪れる確かな食感が、どこか安心する懐かしい味を舌の上に広げてきた。

「…………ん。このポテサラ、もしかして」

「あ、気づいた？」

澪はふっと表情を和らげると、タネ明かしをしてくる。

「征斗はこれが好きって、お婆様が言っていたから」

「ああ。前はよく、婆さんに作ってもらってたから、懐《なつ》かしい味だ」

「そ、そう。よかった……」

心の底から安堵《あんど》した様子で、澪が胸を撫《な》で下ろす。

そこへ割って入るように、征斗の隣に座った香乃が自分のお弁当を差し出してきた。

「あのあの、征斗先輩。よければ、こちらも食べてみていただけませんか？」

差し出されたのは、手作り感の温かみがあるお弁当だった。

卵焼きにウィンナー、アスパラのベーコン巻きなど、定番ながらも美味しそうなメニューが並んでいた。

「もしかして、自分で作ったのか？」

「はい。引っ越しが今日なので、昨日はホテルに泊まったのですけど、早起きして、ホテルの厨房をちょこっとだけ借りたんです。もちろん、材料は自分で持ち込みましたし、調理器具は最後洗ってきました」

なかなかの行動力だ。

「なんでそんな面倒なこと？　ここは購買も学食もあるし、コンビニで買ってくるって手もあっただろう？」

「それは……その」

箸の先っちょを咥《くわ》えながら、香乃が恥ずかしそうに見上げてくる。

「もしかしたら、こうやって征斗先輩と一緒に、お昼が食べられるかも、って思って……」

「…………」

「その時に、お料理のできない子なんだなって、思われたくなかったんですっ」

破壊力のある上目遣《うわめづか》いを受け、思わず顔を逸《そ》らしてしまう。

今日ほど、自分が女性慣れしていないことを悔やんだことはない。

「というわけで、お一ついかがでしょう？　パンばかりですと、身体によくありませんよ？」

「……なにが目的だ？」

「えへへ、さて、なんでしょう？　食べてからのお楽しみです。はい、あーん」

意味深なことを言いながら、香乃は箸でアスパラのベーコン巻きを差し出してきた。

「あーん、ですよ、征斗先輩？　早くしないと、落ちちゃいますよ？」

絡めていたソースが、テーブルに落ちそうになっていた。

食べたら最後、それを理由にあれこれ探られたりするのだろうか。

少しだけ躊躇《ためら》った後、さすがに毒なんか入っていないだろうと、口の中に放り込む。

「……美味しい」

「本当ですか？　よかった……すみません、朝のコンビニでは、さすがに大した材料は用意できませんでしたから、こんなものしかなくて」

「いや、大したもんだ」

作り慣れていることは、一口食べてみればすぐにわかる。

そのどこか温かみのある手料理に、征斗はぽつりとこぼした。

「こうやって、誰かの作ったご飯を食べるのは、久しぶりだな」

「そう、なのです？」

不思議そうに小首を傾げた香乃は、卵焼きをぱくりとしてから聞いてきた。

「征斗先輩の、ご両親は？」

「一人暮らしだよ。親父は海外の研究チームに参加していて、今は確か、フィンランドにいるはずだ」

普段は連絡すら取っていない。

たまに日本へ戻ってきた時、家を宿代わりにするくらいの関係だ。それくらい、親子関係はドライなものになっている。

それを聞いた澪が、不思議そうに首を傾けると、

「じゃあ、征斗は、ずっとあの部屋で一人暮らしなの？」

「ああ。少なくとも、高校に入ってからは、ずっと一人だな」

昔は祖父と一緒だったが、その祖父が亡くなってからは、一人暮らしが続いていた。

「というか、お前も一人暮らしじゃなかったか？」

「ええ、そうよ。だ、だからって、二人で一緒に暮らしたら楽しそうなんて思ってないんだからね⁉」

「そんなことは一言も言っていない」

よくわからないことを言う澪の言葉に反応してきたのは、香乃だった。

「もしかして、澪先輩は征斗先輩と同じ場所で暮らしているのですか？」

「ええ、そうよ。私が引っ越してきたのは半年前くらいだけど」

「羨《うらや》ましいです……私も征斗先輩と一緒のところで、家族みたいに暮らしたかったですのに……」

「ふふん、いいでしょ？　ある意味、一つ屋根の下で暮らしてるんだから」

「うう、羨ましいです……」

勝ち誇る澪を羨ましそうに見上げた香乃だったが、

「でも私、どうすれば、先輩とずっと一緒にいられるか、ちゃんと考えてきたんです」

そう言って、香乃は征斗に向き直り、一点の曇りもない純真な笑顔でこう言ってきた。

「征斗先輩、私と子供を作りましょう！」

「ぶはっ⁉」

征斗は、飲んでいたお茶を盛大に噴き出してしまう。

ひょいと、瑠璃が見事にかわしてくれなかったら、大惨事になっていた。いや、既にこの時点で大惨事を超えているかもしれない。

「ちょ、あんた、なに言ってんのよ⁉」

「？　ですから、子供です。先輩とずっと一緒にいるためには、家族になるのが一番です。その家族になるには、子供を作るのが一番早いかなって」

「早過ぎるでしょう⁉　こ、こここ、子供って、いくつ段階をすっ飛ばしてるのよ⁉　そんなの、ダメに決まってるでしょ⁉」

「ですから先輩、子供、作りましょう？」

「聞きなさいよ⁉」

なにやらとんでもないことを言っている香乃と、慌てた様子で止めに入った澪が謎の戦いを始める。

巻き込まれないようにしようと思ったところで、瑠璃がこちらの袖《そで》を引っ張ってきた。

「征斗の家で一緒に住めるの？　なら、わたしもそこを買いたい」

「いや、俺に買うとか言われても。賃貸だから、大家の婆さんに言ってもらわないと」

「そうなの？　いくらで買い取れる？　五億円くらい？」

「……そんな価値はないと思うが、さすがに買い取れるほど安くはないだろ」

土地もあるし、アパート一棟ともなれば、学生の手が出るようなものではないはずだ。

そもそも、住むだけなら買い取る必要なんてどこにもない。

しかし、瑠璃は不思議そうに小首を傾げると、

「最近、お小遣《こづか》いを使ってしまったから、自由に使えるお金が三億円くらいしかない。それ以上となると、本国の決裁が必要になる」

「……は?」

意味のわからないことを言われるが、瑠璃は真剣に悩んでいる様子だった。

残ったメロンパンの欠片《かけら》を一口で片づけると、征斗は気になっていたことを口にする。

「……ちなみに、俺がここにいるって、お前ら誰に聞いたんだ?」

三人はぴたりと談笑をやめ、思い出すように揃《そろ》って虚空《こくう》を見上げると、

「征斗先輩と同じクラスの、ええと、確か美月《みつき》亜里沙さんという方に伺《うかが》いました」

「私も。亜里沙が言ってた」

「名前は知らない。ただ、同じことを二回聞かれたって言ってたから、多分同じ人」

最悪だった。

思わずしてきた頭痛に額へ手を当てていると、間抜けな少年を嘲笑《あざわら》うかのように、チャイムが鳴り響く。


この学校は、いわゆる二番目の学校である。

学区のトップ校ほどの進学校ではないが、それなりに学力がないと入れない学校。いわゆる神童タイプの人間はトップ校へ行き、そこまでの実力はないが、そこそこ要領のいい者たちが集まる学校、との評価を受けていた。

だからというわけではないが、部活に力を入れている生徒も多く、放課後はそれなりに騒がしくなる。

長かった一日が終わり、放課後がやって来た時、

「――久世《くぜ》くん」

帰り支度をしている征斗に、同じクラスで、隣の席の亜里沙が話しかけてきた。

「今日は久世くん、シフト入ってなかったよね？」

「ああ。今日は皐月さんも入るらしいから」

基本的に、恋ノ下の仕事は二人いれば十分回る。ワンオペでもなんとかなる程度の仕事量だ。

ただ、ピースメーカーの仕事があるため、皐月は奥に引っ込んでいることも多い。

その時は征斗や亜里沙が必要になるのだが、今日は皐月がフロアに出るつもりなのだろう。

「そういえば、お昼、凄かったんだよ。いろんな人が久世くんを訪ねてきてて」

「あ、いや、あれは――っ⁉︎」

思わずしどろもどろになってしまうが、亜里沙はただただ不思議そうな顔をすると、

「知らない下級生まで久世くんを訪ねてきてたけど、どういう関係なの？」

「ええと、いや、なんというか……」

無意識に、視線が彷徨《さまよ》ってしまう。

なんと説明していいか迷ってから、昨日あった出来事を、征斗はできるだけ平凡な言葉に変換してみた。

「実は、昨日たまたま知り合ったんだ。ほら、バイトから帰る途中、コンビニの前で困ってるところに声をかけて」

「そうだったんだ」

嘘は言っていないし、別に悪いことをしたわけではないのに、何故だか言い訳がましくなってしまう。

亜里沙はくすりと笑みをこぼすと、

「久世くん、優しいもんね。私が恋ノ下でアルバイト始めようとした時も、助けてくれたし」

「あれは……まあ、成り行きで」

亜里沙は、とあるきっかけがあり、あの喫茶店でアルバイトを始めたのだ。

それまで、同じクラスだったがほとんど話をしたこともない女の子だった。

それが今では、一番気になっている子になっているのだから、世の中わからない。

「でも久世くん？　周りの人を助けてばっかりじゃダメだよ？　久世くんは、他人のことばっかりで、すぐに自分のことを後回しにするんだから」

「そうか？」

「そうだよ」

亜里沙は小さく微笑むと、こんなことを言ってくる。

「正義のヒーローはいいけど、たまには自分のことを考えなくっちゃ。いっそ、正義と戦う悪い人たちを見習った方がいいのかもよ？」

「悪人を……？　どうして？」

「自分のことを最優先にするから、かな」

確かに、正義のヒーローと相対する悪は、自分の目的や欲望を最優先にする。

他者を助けることを信念とする正義のヒーローとは、対極に位置する存在だ。

「悪の人たちみたいに、自分に正直に生きるのも、大切だとわたしは思うよ？」

柔らかく微笑みながら告げる亜里沙に、征斗は向き直ると、

「なら、さっそく一つ。今から、ちょっと変なこと聞いてもいいか？」

「？　久世くんがそういうこと言うの、珍しいね？　うん、もちろんいいよ」

なんでも聞いてね、という亜里沙に、征斗は直近にあった出来事について、聞いてみることにした。

「女の子が誰かを好きになるために必要な時間って、どれくらいだと思う？」

「……え？　好きになる時間？」

きょとんとした表情を浮かべた亜里沙に、これまでの記録を口にする。

「直近の統計だと、女の子は五分、十分、または十五分で、出会ったばかりの人を好きになるみたいなんだが」

「それは……久世くん。多分、詐欺だよ」

「だよな」

やはりそういう判断になるらしい。どうりでおかしいと思った。

亜里沙は不思議そうに瞬《まばた》きをするも、すぐにはっとした表情で時計を見ると、

「じゃあ、わたしはバイトだから」

「ああ、また明日」

征斗は亜里沙を見送ってから、机の中を整理し、鞄《かばん》を引《ひ》っ掴《つか》むと、学校を後にする。

長い坂を速足で下り、いつもとは異なる道へ進むと、昨日子猫を助けた橋へと向かった。

橋の近くに差し掛かると、昨日も遭遇した光景を再び目にすることになる。

「くそ、また見失った……!?」

「今度はどこへ行かれたのだ……!?」

「急げ！　まだ明日のパーティー用ドレスが出来上がっていないのだぞ……!?」

黒スーツの大人たちが、額に汗を浮かべて駆けずり回っていた。

「昨日から物々しいな……？」

どうやら誰かを探しているらしく、電柱の裏からゴミ箱の中まで、あらゆる場所を調べている。

要人の子供でも脱走したのかと思いながら、征斗は河川敷まで下りてから、橋の下を覗いてみた。

そこでは、予想通りの光景が広がっていて。

「お腹《なか》が空いたの？」

「みー」

「うん。じゃ、いっぱい食べてね」

「みー！」

河川敷の隅っこで、瑠璃が屈《かが》みこんでいた。

瑠璃の差し出した猫缶へ、子猫が飛びついて中身を食べ始める。

「うん。とてもいい食べっぷり」

「みーみー！」

子猫は一心不乱といった様子で猫缶を食べている。

それに見とれている瑠璃の背中から、ひょいと手元を覗き込む。

「どうだ、様子は」

「——うん。元気だよ」

瑠璃は特に驚いた様子もなく、淡々と声を返してきた。

まるで最初から征斗が近づいてきているのを察していたかのように、瑠璃は振り向きもせず対応してくる。

どことなくふわふわとした不思議さを漂わせているとは思ったが、感覚も常人離れしているらしい。

「猫、ここに置いてたのか？」

「ううん。昨日、ホテルに連れて帰ったら、爺《じい》やにダメって言われた。昨日は一日だけ許可をもらったけど、今日は連れて帰れないから、どうしようかと思っていた」

よくわからない単語が混ざっていたが、ようは、子猫を飼う場所に困っているらしい。

学校へ行っていた間は、スクールカウンセラーの先生に預けていたそうだ。

しかし、ここに再度放置してしまっては、元の木阿弥《もくあみ》だ。となれば、誰かが飼うしかないのだが、

「他に心当たりは？」

「難しい。わたしには、残念ながら友人がいない」

食事を終えて満足そうな子猫を見下ろし、瑠璃はその額を指でかりかりする。

「俺もできるだけのことはする。だから、一人で抱え込もうとするな」

「本当？」

「ああ。正義のヒーローは、困っていれば人でも猫でも放っておかないからな」

少なくとも、子猫にはなんの罪もないのだ。

こくこく頷《うなず》いた瑠璃は、相変わらずのぼーっとした視線で征斗を見上げると、

「征斗はやっぱり優しい。征斗を好きになったわたしの心は、間違っていなかった」

そして、目にも留まらぬ早業《はやわざ》で征斗の背後を取ると、瑠璃は昼と同じく背中に跳び乗ってきた。

「だから、いちいち背中に抱きつくな！　乗るな！　匂《にお》いを嗅《か》ぐな⁉」

「ダメなの？」

「ダメなの！」

渋々といった様子で、瑠璃は征斗の背中からぴょんと跳び下りる。自由気ままなその行動は、まさしく猫のようだ。

「征斗は？　猫好きに、心当たりはない？」

「猫好き、か」

言われるも、ぱっとは浮かばない。

そもそも、征斗だって交友関係は狭い方だ。そんなことを頼める人なんて、それこそ片手の指にも満たない。

「すまんが、ちょっと思いつかないな」

「ん。気にしないで」

瑠璃はゆるゆると頭を振ってから、ふと気づいたように征斗を見やってきた。

「征斗の家は？　一人暮らしと言っていた」

「ウチか？」

住んでいる、ボロボロのアパートを思い出す。

今は一人で住んでいるが、昔は祖父と一緒だった。なのでスペース的には問題ないのだが、問題は借家だということだ。

「借家のアパートだからな。確か、ペットは禁止って契約書に書いてあった」

「そう」

少しだけ落胆した表情を見せた瑠璃の指を、子猫がぺろぺろと舐《な》めてきた。

「みー」

「ん、心配は無用。わたしが、アメタローのこと守ってあげる」

「みー」

「……アメタロー？」

聞き慣れない単語に、瑠璃が小さく笑みを浮かべる。

「この子の名前。捨てられてた箱が、老舗《しにせ》の飴《あめ》屋の箱だった。そこから取った」

「みー」

わかっているのかいないのか、子猫が小さな鳴き声を返してくる。

「ちなみに、見つからなかったらどうするつもりだ？」

「責任を持って、わたしがここで、アメタローと一緒に暮らす」

自信に満ちた答えを返してくるが、なんの解決にもなっていない。

とはいえ、瑠璃が悪いわけではない。となれば、できる限りのことをするだけだ。

「仕方ない。あまり借りを作りたくないが、頼んでみるか」

「頼む？　誰に？」

頼るあてがないと言ったばかりだが、一人だけ、この問題を解決できる人物がいることを思い出していた。

「――ウチの大家さんに、だよ」


子猫というのは、どうして、こうも愛くるしいのだろうか。

「みー」

「か、可愛い……っ！」

子猫を連れてアパートへ戻ったところ、たまたま学校から帰ってきていた澪は、こちらの想像を上回るほど、子猫に首ったけだった。

「私、実家ではお父様が動物嫌いで、ペットが飼えなかったの。でも本当はね、豆柴《しば》とか、ブリティッシュショートヘアとか飼ってみたくって」

「みー」

「もう、どうしてお前はこんなに可愛いの⁉」

澪がアメタローを抱き締める。

子猫に頬ずりしている澪へ、一通りの事情を説明してから、征斗はこう続けた。

「大家の婆さんに電話で相談したら、他の住人の許可を取ったら飼っていい、って言われたんだ。だから、俺以外で唯一の住人である澪の許可を貰う必要があるんだが」

「みーみー」

頼むよ、とでも言っているかのように、アメタローが鳴き声を上げる。

「規約違反だっていうのはわかってるんだが……どうだろうか」

「わたしからも、お願いする」

瑠璃も深々と頭を下げる。

澪は子猫を胸に抱いたまま、口元に笑みを浮かべた。

「それは別にいいけど、あんたたち、猫の飼い方とか知ってるの？」

「みー」

「ああもう、どうしてお前はこんなに愛らしいの⁉」

完全に心を奪われているようで、いちいち抱き締めが止まらない。

「あんまり抱き締め過ぎてはダメ。アメタローが苦しそう」

「あ、ご、ごめんなさい」

「みー」

澪の柔らかくて大きな胸の中で、アメタローが小さく鳴き声を上げる。

とりあえず、第一関門はクリアできたようだ。

「確かに、猫どころか動物を飼ったことないから、俺は知らないな……」

「わたしも、実家には犬がいたけれど、猫の飼い方は知らない」

「そう。ほら、トイレ用の砂とか、爪砥《つめと》ぎとか必要って言うじゃない？　そういうの詳しい人からいろいろ教えてもらう必要があるんじゃないかしら」

「確かに、そういうの調べないとな」

生き物を飼うということは、当然、それ相応の責任が伴うものだ。

いい加減や行き当たりばったりではいけない。必要な道具を揃《そろ》えたり、適切な処置をしたりする必要もあるだろう。

「他にも予防接種とか必要かもだけど、その辺りは後で考えましょ。とりあえず、アメタローの今日の寝床とご飯をどうするか、だけど」

「寝床は、俺の部屋の隅っこに毛布でも敷くしかないだろう」

「このアパート、空き部屋もいっぱいあるでしょ？　そこは使えないの？」

「いや、綺麗にしてある部屋に粗相でもしたら大変だ」

子猫がなにをするか予想できない以上、誰かがいる場所の方がいいだろう。

「じゃあ、征斗の部屋で飼うわけね。ま、まあ、一人じゃ大変だろうし？　私も手伝ってあげるから、感謝しなさいよね？」

「ああ。ありがとう」

「お礼は、そうね……今度一緒に、その、お買い物とか……」

「みー」

「もうもう、どうなってるの、この可愛さは⁉」

一人で騒いでいる澪に、征斗はふと思い出したことを告げる。

「そういえば、さっき大家の婆さんに電話した時、新しい住人が今日入るって聞いたんだが、知ってるか？」

「新しい人？　いいえ、今帰ってきたばかりだし、私は知らないけれど」

「そうか。二階の二〇二号室らしいんだが――」

征斗の発した言葉を聞いていたかのように、一台の小型トラックが排気ガスをまき散らしながら、アパートの前に滑り込んできた。

「噂《うわさ》をすれば」

トラックの運転手は、ミラーを折り畳むと、そのますぐに荷台の開梱《かいこん》作業に取り掛かった。

一方、助手席から出てきたのは、見覚えのある制服に身を包んだ、見覚えのある女子生徒で。

「あ、あの、失礼しますっ！」

大きな鞄を引っ提《さ》げたまま、わたわたと走り寄ってくると、

「本日からお世話になります、逢妻《あいづま》香乃と申しますが――って、あれ？」

そう言って頭を下げようとしたところで、その女子生徒――香乃は、きょとんとした表情でこんなことを尋ねてきた。

「みなさんお揃いですが、こんなところでどうされたのですか……？」


荷物が少なかったため、引っ越し作業はものの三十分で終わった。

「このアパートが、征斗先輩と澪先輩のお家だったなんて、全然知りませんでした」

ダンボールから炊飯器を取り出しつつ、香乃が嬉《うれ》しそうに微笑んだ。

二階の二〇二号室――つまり、征斗の隣の部屋で、引っ越し荷物の片付けをしていた。

「このダンボールはこっちでいいのか？」

「あ、はい、すみませんっ。それは隅に置いておいてもらえれば大丈夫ですから」

忙しそうな引っ越し業者は、ダンボールを玄関先に置いて、さっさと撤収してしまった。

香乃一人だというので、征斗たちは荷物の片づけを手伝っている。

「大家の婆さんからは、一人暮らしの子が引っ越してくる、とは聞いてたけど。このボロアパートで、本当にいいのか？」

「はい、もちろんですっ」

ぐるりと香乃が室内を見渡す。

古びた畳のワンルームで、壁や天井《てんじょう》には歴代住人が残していった傷跡が無数に存在している。

お世辞にも綺麗だとは言えず、女子高生の一人暮らしとしては適切でないように思えるが、香乃は気にした様子を見せなかった。

「学校に歩いて通える場所でしたし、それに、その……お家賃がとても安かったので」

どこか恥ずかしそうに、香乃がそう言ってはにかむ。

「みー」

「ふふっ、お前はここが気持ちいいんでしょ？　そうなんでしょ？」

「猫没収」

「ちょ、なにするのよ⁉」

澪から猫を取り上げつつ、征斗も室内を見回した。確かに、ここの家賃は破格だ。

安さにつられて申し込みをする人もいるが、大家の婆さんが許可しない限り、入居は認められない。

どういう基準で選定しているのか、と聞いた時は『字をみりゃ大体どんなのかわかる』とか言って笑っていた。

「台所、終わった」

「すみません、瑠璃ちゃんにまで手伝ってもらってしまって」

「気にしなくていい。こういうのは、みんなでやった方が早く終わる」

相変わらずの無表情だが、どことなく楽しそうに、瑠璃が首を振る。

面倒見がいいのは猫相手だけではないらしく、てきぱきと片付けを進めている。小柄だが膂力《りょりょく》があるらしく、瑠璃は重そうなダンボールをひょいひょい運んでいた。

「それで、征斗先輩のお部屋で、この子を飼うんですよね？」

「ああ」

「それなら、少しはお役に立てるかもしれません」

香乃は慣れた様子で、アメタローを抱きかかえた。

「猫、飼ってたのか？」

「はい。子供の頃ですけれど、私のいた施設で、何匹か猫を飼っていまして」

言って、アメタローの顎《あご》の下を撫でる。

気持ちよさそうに目を細めるアメタローを見ながら、香乃は続けた。

「まだ小さい子なので、子猫用のご飯をペットショップで買ってこないといけませんね。あ、牛乳とかは、そのままあげちゃダメですよ？」

「そうなのか？」

「はい。普通の牛乳は人間用ですし、子猫はお腹を壊しやすいので」

子猫を愛《いと》おしそうに抱く香乃を見ながら、征斗はある可能性について考えていた。

「……昨日会ったばかりの奴が、偶然アパートの隣に引っ越してくる、なんてことがあるか……？」

同じ学校で、隣の家。

もしかしたら、どこかの国や機関から派遣された、諜報《ちょうほう》員なのかもしれない。

アンダーグラウンドで伝説化している噂話だが、実際にある学生に近づくため、転入までしてきた諜報機関の人間がいたらしい。

その後どうなったのかは、何故か一切《いっさい》の記録が残っていないので不明だが、世の中にはそんなこともあるのだ。油断してはいけない。

「でもでも、これで征斗先輩と一つ屋根の下になれました！　家族ができたみたいで嬉しいです！」

「家族……？」

「はいっ」

　本当に嬉しそうな笑顔を向けながら、香乃は片付けていたノートを抱き締める。

「こういう生活に、ちょっと、憧《あこが》れてたんです。家族ができたら、こんな風なのかなって。もちろん、完全に同じ部屋ではないんですけど」

　少しだけ遠い目をして、香乃が寂《さび》しげに微笑む。

　そういえば、引っ越しは香乃一人だ。他の家族が一緒とは聞いていないし、荷物にも香乃以外の者が住むような気配は一切ない。

　とはいえ、まだ出会ったばかりの相手に深入りするものではないだろう。

「……ま、困ったことがあったら言ってくれ。お隣さんのよしみ分だけは、助けてやるから」

「征斗先輩……」

　驚いたような、それでいて、嬉しそうな表情を浮かべた香乃は、にっこり笑ってこう告げてきた。

「では、早速一つあるんですけど、いいでしょうか？」

「ん、もちろん」

「私、征斗先輩と本当の家族になるために、征斗先輩との子供が欲しいです！」

「却下だ」

「却下よ!?」

　何故か同時に澪も反対票を投じ、物凄い勢いで香乃に詰め寄ると、

「あなたさっきもそんなこと言ってたけど、本気で言ってるの⁉」

「？　はい、もちろんです。だって、征斗先輩と家族になるために、必要ですよね？」

「必要じゃないわよ⁉　むしろ、どうしてそう思うのよ⁉」

「いえ、家族はそういうものなのだと、園長先生が。違うのです？」

本気で不思議そうにしている香乃をよそに、かりかりと、アメタローが瑠璃のソックスに爪を立て始めた。

「ん、アメタロー、どうしたの？」

「みーみー」

「お腹が空いたんじゃないか？」

子猫用の小さな猫缶一つじゃ、足りなかったのかもしれない。

香乃がしゃがんでアメタローを覗き込むと、

「子猫ですから、食べさせるなら、子猫用のミルクとかご飯がいいと思います。まだ、お腹を壊しやすい時期ですから」

慣れた様子でアメタローを抱き上げると、ういやつめー、と香乃が幸せそうに頰ずりする。

この嬉しそうな表情も、演技なのだろうか。

そうだとしたら、レッドカーペットだって夢じゃないくらいの演技力だ。

「……そういえば、愛玩戦隊カワインジャーにも、そういう話があったな。味方として近づいてきた子犬が、実は悪の野良《のら》軍団『ブサイクン』の手先だったっていうのが」

「カワインジャー?」

「二年前くらいに放送していた番組だ。犬やら猫やら、愛玩動物として飼われている動物たちが、ご主人様たちを守るため、悪の野良集団『ブサイクン』と戦う、動物で構成された戦隊ヒーローだ」

アフレコされた犬や猫が面白可愛いと、女性に人気だったらしいが、本来の視聴者である男の子たちにはあまり評判がよくなかったらしい。

その辺りには興味なさそうな澪が、隅に置いていた自分の鞄を摑んで立ち上がった。

「アメタローのご飯いるのよね? じゃ、私が行ってくるわ。駅の方にペットショップがあったし」

「ああ、悪いな」

「いいわよ。ついでに、アイスでも買ってくるわ」

言って、澪は颯爽と外に出ていく。

残りのダンボールがほとんどないことを見やってから、征斗はお洋服、と書かれたダンボールに手をかけた。

「にしても、随分荷物が少ないんだな?」

「そう、ですかね?」

小首を傾げた香乃は、丁寧に洋服を畳みながら、こう告げてくる。

「もしかしたら、引っ越しが多かったからかもしれないです。それに、その、私、施設の出で、あんまり私物を持てなくて」

少しだけ困ったような笑みを浮かべてから、ふとなにかを思い出したように、通学鞄に手を突っ込んだ。

「あ、ですけど、実は頑張ってバイトしたんです。それで、これ買っちゃいました」

「スマホか」

香乃が取り出したのは、最新型のスマートフォンだった。

それを大事そうに抱えながら、香乃は上目遣いを寄越してくると、

「そうなんです。それでその、征斗先輩のアカウント、登録させていただけないでしょうか……？」

「…………」

思わず、動きを止めてしまう。

香乃が黒猫だとしたら、征斗の個人情報を得ることが目的なのかもしれない。

征斗のスマートフォンにはＮＦＣなどの無線機能はついていないし、ネット経由の侵入対策も厳重に施している。

それでも生まれたわずかな躊躇を見て、香乃が少しだけ身を縮めた。

「ダメ、でしょうか……?」

「……いや、別にいいぞ」

下手に拒絶するのも不自然だろう。

征斗がスマートフォンを取り出すと、それに気づいた瑠璃も近づいてきた。

「ん、わたしも征斗のアカウント知りたい。いい?」

「ああ。ID送るから、スマホ出してくれ」

スマートフォンを取り出すと、二人のSNSのアカウントを登録する。

香乃は可愛いテディベアのアイコン、瑠璃は渋い枯山水のアイコンで、それぞれ登録されていた。

「征斗先輩のアカウント、ゲットしちゃいました」

えへへ、と嬉しそうに頬を緩《ゆる》ませ、香乃がスマートフォンを抱き締めた。

そんな香乃を見て、征斗は皐月の警告を思い出す。

香乃たちに教えたのは、もちろんピースメーカーとは一切関係のない、プライベートなアカウントだ。

しかし、警戒するに越したことはないだろう。それに、相手の情報も得ておく必要がある。

征斗はなるべくさりげなく、情報を収集することにした。

「スマホ、持ってなかったのか?」

「はい、デビューしたての初心者です。なので、まだ使いこなせてなくて」

　確かに、操作する手つきはたどたどしい。

　仮に香乃が諜報員だったとしたら、この程度のものは難なく使いこなせるはずだ。

　もちろん、この微妙に不思議な要素を持つ女の子が、これくらい演技してもおかしくはないとも思える。

「けど、なんでここに引っ越してきたんだ？」

「その、前にいた施設が、設備が古くなった関係で閉鎖されることになったんです。それで、引っ越しをしないといけなくなりまして……」

　特に気にした様子もなくそんなことを言うが、それなりに重い理由が横たわっていた。

　調べれば、香乃が言ったことが本当かどうかは、すぐにわかるだろう。

　ただ、偽装していたとなれば、ちょっと調べた程度では見抜けないはずだ。

　そこまでするかどうかを考えていたところで――

「………………？」

　征斗のスマートフォンが小さく震えた。

　ロックを解除して通知を見ると、この建物のセキュリティに関する通知が飛んできている。

「？　どうかしましたか、征斗先輩？」

「いや……」

このアパートには、いくつかのセンサーを仕掛けてある。

そのうちの一つ、裏口のセンサーに反応があった。

裏側から侵入しようとする不逞《ふてい》な輩がいると、反応するようになっている。征斗はスマートフォンを手早く操作すると、

「――裏口の映像の録画を開始、各種セキュリティのレベルを二段階引き上げ、輝度を最適化させた映像の転送を開始」

同じく裏口に設置してある監視カメラの映像を、スマートフォンに映し出した。

そこに映っていたのは、見覚えのある一人の男で。

「こいつは……」

先日、香乃に絡んでいた男だ。

どうしてこんなところに現れたのかは謎だが、引っ越し先に偶然、というわけではないだろう。

そして、それと同時に、瑠璃が鋭い視線を入り口のドアへ向けていた。

「…………。なにか、嫌な感じがする」

「？　瑠璃ちゃんまで、どうしましたか？」

「鼻の頭がムズムズする。これは、よくない時の感じ」

言いながら、瑠璃は鼻の頭を軽く指で撫でている。

「これまでの経験からすると、あまり喜ばしくないことが起こる前兆」

その鋭い眼光は、まるで歴戦の兵士のそれだった。纏《まと》っている空気が、明らかにいつもの眠そうなそれとは違う。

単なる猫好きの無表情な女子高生かと思いきや、そうでないものを秘めているのだろうか。

そんなことを思っていたところで、

「――――ぎゃー!?」

階下の方から、そんな悲鳴が聞こえてきた。

反射的に抱きついてきた香乃が、小刻みに震えながら見上げてくる。

「な、なんでしょう、今の……？」

「なんだろうな。お祭りでもやってるんじゃないか？」

「お、お祭り、ですか？　ここのお祭りは、悲鳴が上がるほど凄いのです……？」

どこか的外れなことを言う香乃だったが、確かに、とんでもない声量の悲鳴だった。

「男の悲鳴。聞こえてきたのは、すぐ側《そば》。お祭りの音じゃない」

瑠璃の冷静な分析の通り、悲鳴はすぐ近く――もっと言えば、階下から聞こえてきていた。

そして、その理由を征斗はよく知っている。

「……セキュリティレベルをもう一段階引き上げ、ブービートラップのセーフティを一部解除」

こっそり、スマートフォン越しに、アパートのセキュリティを強化する。

その刹那《せつな》、

「――――ふぁぎゃー⁉」

蛙《かえる》が踏み潰《つぶ》されたような悲鳴が、アパート中に響き渡った。

「ま、また聞こえてきました⁉　ここ、お化けでもいるのです⁉」

「そういえば、昔、ここが武家屋敷で、お殿様が切腹させられたとかなんとか」

「やー⁉」

もちろん嘘だが、香乃がいやいやしながら頭を抱えてしゃがみ込む。

能天気娘としか思っていなかったが、実は、結構面白い奴なのかもしれない。

しかし、それで騙されるのは香乃だけのようで、瑠璃は怪訝《けげん》な表情のままドアノブに手をかける。

瑠璃は怪訝な表情のままドアノブに手をかける。

「……？　なにか、おかしい」

「待て、瑠璃。今、外に出るな」

外の様子を窺《うかが》おうとした瑠璃を止めると、瑠璃が不思議そうな顔で振り返ってきた。

「…………。征斗は、なにか知ってる……？」

「…………」

なかなか鋭い。

なんと返したものかと悩んでいると、瑠璃はふっと肩の力を抜いた。

「征斗がそう言うなら、わたしは従う。ここは、征斗のアパート」

言って、瑠璃はドアノブから手を離す。

それから数秒もせず、ドンドンとドアを叩《たた》く音が聞こえてきたかと思うと、

「——お、おい、開けろ！　いるのはわかってんだぞ！」

「っ!?」

その怒鳴り声に、びくりと香乃が肩を震わせる。

「この、声……！」

聞いて、すぐにわかったのだろう。表情から色が失われた香乃に、征斗は小さく告げた。

「香乃は出なくていい」

「え……？　で、ですが——」

「いいから」

言って、征斗が代わりにドアを開ける。

想像通り、そこには昨日香乃に絡んでいた、茶髪の男が立っていた。

「どちら様でしょう？」

「あ……？」

面を食らったように眉を顰めると、男は低い声で告げてくる。

「なんだお前？　ここ、逢妻香乃の家だろう？」

「さあ、どうでしょう？　なにかご用ですか」

「ご用ですか、じゃねぇだろう。なんなんだ、ここはよ」

大きな音を立てるためだけに壁を叩き、男が吐き捨てるように言う。

「入ろうとしたら、なんか、電気が流れたような刺激が走ったぞ。ったく、昨日の車といい、どうなってんだこの街はよ」

幸い、昨日、征斗の顔は見られていなかったらしい。

征斗は男の全身を観察してから、当たり前のことを聞いてみた。

「どうして裏口から入ろうとしたんです？」

「あ……？　んなもん、逃げ道を把握しておくために決まってんだろうがよ」

どうして知っているのか、なんてことは、微塵《みじん》も疑問に思わなかったらしい。

作ったようないやらしい笑みを浮かべると、男はこう続けてくる。

「知ってるか？　兎《うさぎ》狩りってのは、獲物を追い立ててる時が一番楽しいんだぜ？」

「……そういう意味ですか」

なんというか、判で押したような、陳腐な答えだった。映画の観過ぎなのかは知らないが、このレベルではエキストラにもなれないだろう。

「いいから、香乃ちゃん出せよ、香乃ちゃん。おーい、いるんだろ？」

「っ」

背後で、香乃が息を呑《の》む気配が伝わってくる。

しかし、出せと言われて出してやる義理など、こちらにはない。

「繰り返しますが、なんのご用です？」

「――てめぇには関係ねぇだろ、ガキ。いい加減にしねぇと、てめぇから狩っちまうぞ、おい？」

「どうぞ」

征斗はなるべくわざとらしく両手を広げてみせると、茶髪の男へと笑いかける。

「もっとも、あなたにできるのなら、ですが」

「……言ったな？　後悔すんなよっ」

男は征斗の胸元を摑み上げるため、左手を伸ばしてきた。

しかし、その手が征斗の襟《えり》へ届く前に、

「――があぁぁぁぁぁあっ⁉」

突然、弾《はじ》かれたように痙攣《けいれん》すると、その場でのたうち回り始めた。

征斗はスマートフォンを片手に、このアパートに仕掛けられているセキュリティについて告げる。

「言い忘れていました。このアパートには、最新のセキュリティ機能がいくつも入ってるんですよ」

「ぐ……おぉ……!?」

「そのうちの一つですが、未登録の人間が許可なく部屋へ入ろうとすると、高圧電流が流れる仕組みになっているんです」

既にこっそり、香乃たちは登録してある。

「他にも、催眠ガスや拘束用虎鋏《とらばさみ》、赤外線センサー連動型レーザー、つり天井の廊下に、下水道直結落とし穴、高圧電流トラップ、その他ちょっと人に言えないようなものまで、いろいろ導入しています」

ハッカーだからこそ、セキュリティの重要性は誰よりも認識している。

そしてそれは、ネット上だけの話ではなく、物理的なセキュリティだって同じことだ。

男は廊下に退避してから、ボロ雑巾《ぞうきん》のような風体で立ち上がり、信じられない様子で吐き捨てる。

「こんなボロアパートに、なんで、んなもん入ってんだよ……!?」

「以前、大家さんに頼まれたんですよ」

あれは、この近所で空き巣被害が多くなっている、とご近所さんが噂していた時だっただろうか。

婆さんも老人の一人暮らしだったため、気になったらしく、

「最近物騒なので、簡単につけられる防犯ブザーとかないかしら、って。それなら簡単にできるから任せてくださいってことで、いろいろ設置することになりました」

センサーや防犯カメラといった一般的なものはもちろん、日本国内では入手困難なレーザートラップなど、国会議事堂にだって負けないセキュリティが敷設されている。

「ふざけたこと言いやがって……！」

「別にふざけてなどいませんが」

信じようが信じまいが、あるものはあるのだ。

そして、その全てのシステムは、征斗の手にあるスマートフォンから制御できる状態にある。

しかし、高校生なんかに土を舐めさせられたのが自尊心に響いたのか、男は口元を無理やりに歪《ゆが》めて凄んできた。

「こんなことして、ただで済むと思うなよ……！　俺のバックにはな、でっけぇ組織がついてるんだからな……！」

「――――その話、詳しく聞かせてもらう」

その反応は、意外な人物からもたらされた。

それまで黙って聞いていた瑠璃が、いつの間にか男の前に立つと、わずかに身体を斜めにして対峙《たいじ》する。

その左手には、いつの間にか、部屋に立てかけてあった竹箒《ぼうき》が緩く握られていた。

「ここはわたしの国ではないけれど、犯罪者を見逃すわけにはいかない」

「あ……？　なんだこのチビジャリ――」

男が瑠璃に手を伸ばそうとする。

そして、その次の瞬間、なにが起こったのか征斗にはわからなかった。

「げはっ⁉」

人が吹き飛ぶ、というところを、初めて見た。

まるでボールでも蹴《け》ったかのような軽さで男が宙を舞い、廊下の欄干に背中を強打して倒れ込む。

瑠璃は一切の足音を立てずに、転がった男の前に立った。

「治外法権とかいろいろ面倒だけれど、目の前の犯罪は見過ごせない。それが、わたしの騎士道」

「騎士道、だと……？」

怪訝そうな男の問いに答えるかのように、瑠璃は鋭く箒を一閃《いっせん》した。

びゅん、と空間ごと切断するかのような音が生まれたかと思うと、男の前髪がはらりと舞う。

「な……⁉」

「わたしの剣は、悪を斬《き》るためのもの。あなたが悪であり、わたしの友達に手を出そうとするなら――」

男の喉元《のどもと》に箒の先をぴたりと突きつけると、瑠璃は刃のように双眸《そうぼう》を細めた。

「わたしの剣と祖国にかけて、あなたをここで排除する」

淡々と告げる瑠璃に、男は激高した様子で再び摑みかかろうとする。

「この、ふざけやがって……っ！」

「別に、ふざけてなどいない」

瑠璃はひょいと男の腕をかいくぐると、脇《わき》に箒を構えた。

次の瞬間、爆発《ばくはつ》的な踏み込みとともに、強烈な箒の一撃を放った。どういう原理かはわからないが、男が再び、風に舞う木の葉のように軽々と吹き飛ばされる。

「ぐほはぁっ⁉」

ごろごろごろ、と、アパートの階段で池田屋ごっこをしながら、男が転がり落ちていく。

武家屋敷ではなく、料亭にしておくべきだったかもしれない、とか的外れなことを思いながら、征斗はそれを眺めていた。

「痛そうだな」

「うん。でも、高圧電流よりはマシ」

どっちもどっちな理論は、被害者からみれば、痛みの質が違うだけで大差ないのだろう。

「ち……くしょ……！　なんなんだ、このアパートは……⁉」

「人の家を悪魔城みたいに言わないでください」

征斗は階段の上から男を見下ろしながら、スマートフォンを右手に構えると、

「ですが、これ以上うるさくすると、あなたの人生そのものを社会的に終わらせることになりますよ?」

「く……このガキ……っ」

「そろそろ、少しは理解できていると思いますが」

息を吸い込んで、ゆっくり吐き出す。

意識を冷たいものに切り替えると、ピースメーカーのリーダーとしての自分が顔を出していた。

「――俺には、それがごくごく簡単にできる。どうする? 本気で最後まで相手をしようか?」

隣では、静かな威圧感を発する瑠璃もいる。

頭は悪くても、本能はまだ残っていたのだろう。明らかに尋常《じんじょう》ではない二人を前に、男は足を引きずりながら立ち上がると、くるりと反転した。

「……覚えてろ、クソガキどもっ」

驚くことに、捨て台詞《せりふ》まで陳腐だった。

そのまま、あっという間に見えなくなる。それを悠然と眺めながら、瑠璃がつぶやくように言った。

「追いかける？」

「いや、今はそこまでしなくていいよ。後のことは、こっちで引き受けるから」

「ん。わかった」

歩き出そうとしていた瑠璃は、その足を引っ込める。

「あ、あのー……お二人とも、大丈夫です……？」

自室からおっかなびっくりといった様子で顔を出した香乃へ、征斗は小さく頷いた。

「ああ。片付けの続きをするか」

「そーだな。さっさと終わらせるか」

「え？　あ、はい。それで、さっきの武家屋敷の話なんですけどっ」

どこの藩の人だったのです、などと、聞いてどうするんだというような内容を尋ねてくる。

それを適当にあしらってから、征斗は足元にすり寄ってきたアメタローに告げた。

「さて、さっさと終わらせるか」

「みー」


気づけば、時計の針は八時を少し回っていた。

この街は、星空を愛《め》でることができるほど、空気が透き通っているわけではない。それでも、夜の風はどことなく穏やかで、そして、街は昼とは違う静寂を纏わせていた。

「送ってくれなくても、大丈夫だったのに」

「そういうわけにはいかないだろ」

澪が買ってきた子猫用のご飯をアメタローにあげ、荷物の整理を終えたところで、解散することになり、征斗は瑠璃を送ってきたのだ。

それは別によかったのだが、驚かされたのは、瑠璃が住んでいるという場所だった。

「……で、本当にここに住んでるのか？」

「うん。日本にいる間は、ここに住むことになっている」

「物凄く高そうなホテルなんだが」

「よくわからない。わたしの国の資本が入っているホテルだから、ここにした」

街の中心部から少し外れたところにある、森林に面した大きなホテル。

絢爛《けんらん》豪華、というわけではないが、ほどよいバランスで和と洋を取り入れた、高級さを無言で醸《かも》し出《だ》しているホテルだ。

「征斗、送ってくれたお礼がしたい。上がっていってほしい」

「いや、別に――」

「――お嬢様っ！」

エントランスまで瑠璃を送ったところで帰ろうとしたのだが、中から白髪の燕尾服《えんびふく》の男が飛び出てきた。

ひょろりと背の高い、外国の男性だ。瑠璃を目にするや否《いな》や、その前に駆け寄ると、

「どちらへ行かれていたのですか！　この爺《じい》、お嬢様になにかあったのではと、気が気ではありませんでしたぞっ！」

「うん。征斗と一緒にいた」

「まさと……？」

振り返った白髪の男が、征斗を見て怪訝そうに眉を顰める。

そんな白髪の男性に、瑠璃がいつもの淡々とした口調で告げた。

「夜遅いから、送ってくれた。爺や、お礼がしたいから、部屋に案内して」

「それはそれは！　お嬢様が大変お世話になりました！　ささ、どうぞこちらへ！」

「いや、だから俺は――」

「ご遠慮めされるな。主《あるじ》の恩人に不義理をしたとなれば、騎士の名折れ。さ、こちらへ！」

そのまま断る隙を与えられず、征斗はあれよと言う間に最上階の一室へと通されてしまった。

そして、入った途端、そのとんでもなく広い空間に啞然《あぜん》とさせられる。

いわゆる、スイートルームというものだろうか。巨大なリビングだけでも、テニスができるのではないかというくらいに広い。

窓ガラスの向こう側には煌《きら》びやかな夜景が切り取られ、壁にはどこかで見たことのある、巨

大な絵画まで掛けられている。

「なんだこの部屋は……」

「申し訳ございません。いやはや、日本の建物というものは、どこも狭くていけませんなぁ」

「いや、俺の部屋の十倍はありますよ……」

「それでは、ただいまお茶を用意して参りますので、今しばらく」

お構いなく、と言う間もないほど、爺やさんが速攻で消えてしまう。

そして、その時になって初めて気づいたが、爺やさんは腰に細長い物をぶら下げていた。

「さっきの爺やさんが腰に提げてたのって」

「うん。剣」

もちろん本物、と、あっさりと瑠璃が答えてくる。

「日本には、銃刀法って法律があったような」

「このホテルを含めたいくつかの場所で、わたしたちは日本の銃刀法の適用除外が認められている」

わたしたち、ということは、瑠璃を含めた特定の集団、ということだ。

うすうす、気づいてはいたが、そんな征斗に瑠璃は改めて説明してくる。

「本当は、関係者以外には伝えてはいけないのだけれど。征斗には話しておく」

自分の胸に手を当てると、瑠璃は流暢《りゅうちょう》な日本語でさらりとその事実を口にしてきた。

「わたしの名前は、ルリアディス・フォン・バルクシュタイン。高校の入学と同時に、留学のために日本へやって来た」

「バルクシュタイン……？　もしかして、バルクシュタイン公国の？」

「うん。今代のバルクシュタイン公爵は、わたしのパパ」

とんでもない事実を知らされ、軽く眩暈《めまい》を覚える。

「お姫様だった、ってワケか」

「そう。驚いた？」

「まあ、少しは」

なんとなく、堅気ではないような気はしていた。

予想よりだいぶ斜め上ではあるものの、完全に意表を突かれた、とは思わない。

「昔、パパが日本へ留学した時、ママと出会った。そして生まれたのがわたし」

「瑠璃っていう名前は？」

「日本での名前を、ママがつけてくれた。わたしはとても気に入っているので、日本だと瑠璃と名乗っている」

日本語が流暢な理由も、見た目が日本人と大差ないことも、それで納得できる。

「バルクシュタインがもともと騎士の国だった、っていうのは聞いたことあるが」

「うん。わたしの祖先が、騎士として領土を与えられたところから、バルクシュタインが始まっている」

国として体裁を保っていた時代もあれば、別の国に吸収された状態であったこともあるらしい。

それでも、バルクシュタインは脈々と存続し続けた。

「それは、文明が発達した今でも変わらない。わたしたちの根幹をなす精神として、今も騎士道が息づいている」

言って、瑠璃はいつも持っている竹刀《しない》袋をするりと解いた。

すると、中から出てきたのは、細身の剣だった。質素な装飾のものだが、だいぶ使い込んでいるのか、年季が入っているように見える。

「どうして、日本になんて来たんだ？」

「ママの生まれ育った場所に、ずっと来てみたかった。それに、この国には武士道というものがあると聞いた。きっと、わたしたちの騎士道に近いものがあるだろうって思ったから、とても楽しみにしていた」

確かに、その二つは、類するところはあるのかもしれない。

「でも、留学してすぐに、そうじゃないことはわかった。みんなお喋《しゃべ》りとか、ゲームとか、お洒落《しゃれ》とか、そういうのに夢中で、剣を握ったことのない人ばかりだった」

「まあ、それはそうだろうさ」

それなりに平和になった現代では、廃刀令があろうとなかろうと、みんな刀ではなくスマートフォンを持ち歩くようになっている。

「もちろん、みんながみんな、そうじゃないとは思っていた。でも、少しくらいは正義の心を持った人がいると、わたしは思っていた」

「いなかったか？」

「ううん。一人だけいた」

じっと、瑠璃は征斗の目を見て微笑む。

「その人は、とても優しい人だった。小さな、自分には関係のない命を助けるためなら、汚れようともなにしようとも、気にしない、大きな人だった」

「………」

気恥ずかしさを感じ、征斗はわざとらしく視線を逃がす。

その間も、瑠璃は抑揚の少ない口調で、続けてきた。

「それだけじゃない。誰かを守るためなら、悪を前にしてもひるまない強さも持っていた」

「いや、それは――って」

反論を口にしようと、瑠璃に視線を戻したところで、

「なんで服脱いでるんだよ⁉」

視線の先では、瑠璃が躊躇なく制服のスカートを脱ぎ捨てていた。

瑠璃はきょとんとした表情で小首を傾げると、

「？　部屋に戻ったら、着替えをするものだから」

「俺がいるだろ⁉」

「うん。なにかいけないの？」

ぱさり、と、制服のブラウスが床に落ちる。

透き通るような白い素肌が視界に飛び込んできて、否応《いやおう》なく心拍数が急上昇する。

「バルクシュタインじゃどうかは知らないが、日本じゃ異性のいる場所で着替えなんてしないんだ！」

「うん。それはもちろん知っている」

言いながらも手は止まらず、今度はブラのホックに指をかけ、それを手慣れた様子で外してしまった。

咄嗟《とっさ》に視線を逸らすが、そのつつましやかな双丘の片鱗《へんりん》が、かすかに視界の中で揺れてしまう。

「でも、征斗は未来の旦那様だから。家族の前なら問題ない」

「問題大ありだ！　ほら、あっちで着替えてこい！」

転がっていたタオルを投げつけると、瑠璃を見ないようにしながら、奥の部屋を指差し叫んだ。

「むう、難しい。でも、征斗がそう言うなら、そうする」

よくわかっていない様子だったが、瑠璃は素直に頷くと、転がっていた着替えを摑んで奥の部屋へと消えて行った。

ばたん、とドアが閉じ、思わず脱力して椅子《いす》に腰かけたところで、

「——失礼いたします」

爺やさんが絶妙なタイミングで、銀色のカートを押しながら現れる。

「お茶をお持ちいたしました、征斗殿」

「……ああ、いえ。すぐ帰りますから」

「まあまあ、そう仰《おっしゃ》らず」

こちらに立ち上がる隙を与えることなく、爺やさんがテーブルの上にてきぱきとカップをセットした。

高そうな磁器のポットに茶葉を入れながら、爺やさんがぽつりとつぶやくように告げてくる。

「……お嬢様は、我が祖国におきまして、とても不安定な立場に置かれているのです」

「え……？」

こちらの問い返しに反応することもなく、慣れた手つきでポットにお湯を注《そそ》ぎながら、爺やさんが続けてきた。

「バルクシュタインでは、現代でも公爵家は絶対的な立場であり、神聖化すらされている存在

でございます」

「それは、国を創設した一族だからですか？」

「いいえ」

ゆっくりと頭を振り、爺やさんははっきりとした声で断言してくる。

「正義だから、です」

そこには、力強い信念のようなものが込められていて。

「バルクシュタイン公爵家は、常に正義に基づいて行動してきました。それが自分たちの首を絞める結果になろうとも、迷うことなく、正義を貫く。それを何代にもわたり続けてきたことを、バルクシュタインの者たちはよく知っているので、今でも絶大な支持を集めているのです」

「その根幹にあるのが、騎士道、ですか？」

「はい、その通りでございます」

にっこりと微笑み、ティーカップに紅茶を注いできた。

香り高い琥珀《こはく》の液体が鼻孔をくすぐる中、爺やさんが優しく目を細める。

「そして、わたくしの贔屓目《ひいきめ》を抜きにしましても、お嬢様は今の公爵家におきまして、誰よりもその精神を受け継いでおいでです」

「それが、なにか問題でも？」

「いいえ。問題なのは、お嬢様が純粋なバルクシュタイン人ではないことにございます」

直接的な明言を避けたが、つまるところ、母親が日本人であることを言っているのだろう。

こちらがなにかを言う前に、爺やさんがカップを差し出しながら続けてくる。

「誤解なきよう。偏見を持つバルクシュタイン人は、決して多くはございません。ただ、無視できるほど少ないわけではない、ということでございまして」

「それは、なんとなくわかります」

瑠璃は変な奴ではあるが、決して、悪い奴ではない。

それくらいのことは、まだ出会って二日目の征斗にだって理解できたが、だからこそ、穿《うが》った目で見る者もいるのだろう。

「お嬢様のお顔立ちは、お母上によく似ておられます。だからこそ、祖国では外見上でも目立つ存在になっておりまして。難しいお立場も相まって、ついぞ、ご友人ができませんでした」

爺やさんは、瑠璃のことを本当に大切に想《おも》っているのだろう。

紅茶の苦さを口にしながら、征斗がなにも言えないでいると、爺やさんは寂しそうに微笑む。

「だからこそ、お嬢様は日本へ留学することを、なによりも楽しみにしておられました。しかし、現実とは皮肉でございますな。今度は日本人らしからぬということで、ご学友の皆様からは距離を置かれてしまいまして」

「…………」

「ですので――」

爺やさんは、突然ばっと両腕を広げると、感極《かんきわ》まった様子でこんなことを言ってきた。

「お嬢様が初めて、ご学友をお招きしたこと、わたくしは本当に、そう、本当に、驚きと感動を覚えておるのです……っ！」

と、本当に涙を流しながら、征斗の両手をがしっと握り締めてきた。

「征斗殿！」

「は、はい」

その迫力に気圧《けお》されていると、爺やさんが感涙を滝のように流しながら懇願してくる。

「どうか、どうか、お嬢様をよろしくお願いいたします！　お嬢様の孤独を、少しでも癒やしていただければ、この老体も安心して隠居できるというもの！」

「……いえ、隠居どうこうは知りませんが」

なんと答えたものか悩んでいたところで、

「どうしたの、二人とも？」

着替えを終え、ルームウェアに着替えた瑠璃がきょとんとした表情でこちらを見やっていた。

「いえ、なんでもございませぬ。では、後はお若い方々にお任せいたしまして」

爺やさんは妙に嬉しそうな表情で、そそくさと片付けを終えて部屋を後にする。

その様子を、瑠璃が異星人でも見るような目で見送っていた。

「爺やは、どうしたの？」

「いや。世間話に付き合ってもらってただけだよ」

「そう」

素直に納得した様子で、瑠璃は征斗の対面に座る。

眼前のお姫様の出自について、勝手に聞いてしまったからか、なんとなく居心地が悪い。

征斗はほどよい温度になった紅茶を一気に飲み干すと、ソーサーにそっと戻した。

「ごちそうさま。お茶、美味しかったよ」

「うん。よかった」

紅茶の味なんてよくわからないが、これだけ香り高い紅茶は、恋ノ下にも置いてない。

そのまま立ち上がろうとした征斗を見て、瑠璃がわずかに睫毛《まつげ》を震わせた。

「征斗。もう、帰っちゃうの……?」

寂しそうな声で問いかけられ、征斗は浮かしかけた腰を止める。

「……ん、そうだな」

爺やさんの話では、友達を家に連れてくることもなかったそうだ。祖国でも、同年代の誰かと一緒に過ごす経験がなかったらしい。

日本に来たことが、少しでもよい思い出になってほしいと思い、征斗は改めて椅子に座り直した。

「もう少しだけ。よければ、バルクシュタインのことを教えてくれないか? 俺は、よく知らないからさ」

「あ……」

感情の起伏が少ない瑠璃だったが、この時だけは、ぱっと表情が華やいだのがわかった。

「——うんっ。なんでも聞いてほしいっ」

嬉しそうに微笑む瑠璃に、征斗はいくつか思いついた質問を投げかける。

美味しい食べ物のこと。美しい花のこと。厳しい冬の寒さのこと。

瑠璃は家族のことや、剣のことなど、いろいろと話をしてくれた。日本語を教えてくれた母、大きくて優しい父、いつも温かく見守ってくれる爺やさんたち。

そんなことを一通り楽しそうに喋ってから、瑠璃はしみじみとした声で告げてきた。

「……やっぱり、征斗は優しい」

「なんでだよ？」

「なんでも。征斗のそういうところ、わたしは、大好き」

正面からストレートに気持ちをぶつけられ、思わずどきりとしてしまう。

瑠璃は猫のように双眸を細め、愛おしそうに征斗を眺めてから、

「決めた」

瑠璃は力強く小さな拳《こぶし》を握りしめると、こんなことを宣言してきた。

「やっぱりわたしは、絶対に、征斗を手に入れる」

突然の宣言に、面食らって言葉も出せないでいると、瑠璃は征斗を正面から覗き込んできた。

「わたしの剣に誓って、もう絶対に逃がさないから、覚悟してほしい」

「…………」

なんだかおかしな方向に話が進んでいるような気がする。

しかし、そこではたと思い至った。

「……逃がさない……お前の情報をいただくまで、徹底的に食らいつくという意味か……？」

バルクシュタイン公女として征斗に近づき、ピースメーカーの情報を集める。

そんな密命を帯びての宣言なのか、と身構えていたところで、

「わたしも、征斗に聞きたいことがあった」

瑠璃は眉を怪訝な形に歪めると、不思議なものでも見るような視線を向けてきた。

「――あなたは、何者？」

「高校二年生、両親は海外で、趣味は読書、たまにゲームもするかな。好きな物は唐揚げ、好きな戦隊ヒーローはカレー戦隊カラインジャー」

「カラインジャー、好きなの？　でも、そういうことではなく」

瑠璃は頭を振ってから、改めて瑠璃はこちらを見やってくる。

「普通のアパートに、あんな高度なセキュリティが入ってるはずがない。日本ほど治安のよくないわたしの祖国の宮殿だって、あそこまでのものは入れていない」

さすがと言うべきか、それくらいのことは常識として知っているらしい。

とはいえ、相手の目的も不明だし、本当のことを言うわけにもいかない。

「少し凝ってみた、ってだけだ。配線とか管理システムとかは自分で設置したから、想定よりも安く上がったし」

「だとしても」

瑠璃はいつものぼーっとした目で、征斗の頭の天辺《てっぺん》から足元まで、興味深そうに全身を見回してくる。

「中には、素人が気軽に手に入れられるようなものではない代物まで混ざってた。あれぐらいのグレードを揃えようと思ったら、わたしの立場を使っても、相当危ない橋を渡る必要がある」

「俺が揃えたんじゃない。知り合いに揃えてもらっただけだよ」

ピースメーカーのメンバーに、その手の資材を揃えられる人物がいた。ただ、それだけのことだ。

「大体、俺がそんな大層なのに見えるか？　言っとくが、俺が五人いたって、瑠璃一人に喧嘩《けんか》じゃ勝てんぞ」

「……それは確かに、その通り」

こくりと頷いてから、瑠璃が眉を顰める。

瑠璃がそれ以上疑問を持たないように、征斗は努めて明るい声を上げた。

「ほら、そんなことより、もっといろいろ、バルクシュタインのこと教えてくれるんだろ？」

「うん、そうだった。征斗は、なにが知りたい？」

そうして、夜中まで奇妙な関係の二人の話は続いていく。

※　※　※

蹴り飛ばしたホテルのゴミ箱が、乾いた音を立てて転がった。

「………クソッ！　クソクソクソがッ！」

男はビジネスホテルの一室で、行き場のない怒りを物にぶつけつづけていた。

簡単な商売になるはずだった。

あのボロアパートへ引っ越すことは、前の施設の関係者を強請《ゆす》って調べ上げた。

後は、いつもの通りの手順でカモにしてやればいいだけ――のはずだった。

「なんなんだ、あのガキどもは……ッ！」

ボロボロになったジャケットを脱ぎ、ベッドに叩きつける。

とんでもなく強い小娘はもとより、あのおかしなガキに邪魔された。

どういうわけか、あのボロアパートは普通じゃない。

そこに転がり込んだということは、あの娘も庇護《ひご》下に入ったということだろうか。

「上とも連絡が取れなくなってやがるし、どうなってんだ……！」

何故か、昨日から連絡が取れない。

となれば、これから先の稼ぎが是が非でも必要になる。

だからこそ、あの娘は絶対に必要となるのだが――

「あ……？」

ベッドの上に放り投げていたスマートフォンが、メールの受信を知らせてくる。

拾い上げてみると、知らないアドレスからだった。

迷惑メールかなにかかと思うが、気になるワードが件名に含まれていたため、内容を確認してみる。

「こいつは……」

中身を確認するにつれ、口元が自然と吊《つ》り上《あ》がってくる。

まだ、ツキは完全に落ちていないらしい。

もう一度ゴミ箱を蹴り飛ばして、男は送付先のアドレスに連絡を取り始めた。

第三章　喫茶店の秘密兵器

騒がしい日々は、いつだって瞬《またた》く間に通り過ぎていく。

アパートの水道管が破裂したり、遠い国のお姫様の知り合いができたり、隣室に新しい住人がやって来たりしたが、それでも日は落ち、また昇るのだ。

そうやって迎えた、初めての週末。

「おはようございます」

征斗《まさと》は朝からシフトに入るため、恋ノ下を訪れていた。

表から入ると、開店準備を始める前の皐月《さつき》が、サイフォンを弄《いじ》っているところだった。

「ちょうどいいところに来たね。一杯淹《い》れようとしていたところだ。飲むかい？」

「いただきます」

カウンターに座り、隣の席に荷物を置く。

皐月は満足そうに頷《うなず》くと、サイフォンに火を入れた。

ほどなくして抽出が始まり、よい香りが鼻孔《びこう》をくすぐってくる。

コーヒーの香りというのは、どうしてこれほどまでに、人の心を捉《とら》えて離さないのだろうか。

「今日はグアテマラのいい豆が入ったんだ。少し焙煎《ばいせん》度合いを弄ってもらったんだけど、よかったら感想を聞かせてくれ」

「俺《おれ》に、コーヒーの良し悪しがわかる舌なんてありませんよ？」

「いいのさ」

木べらで攪拌《かくはん》しながら、皐月はリラックスした様子で微笑んだ。

「評論家の意見が聞きたいわけじゃない。いつもウチのコーヒーを飲んでいる征斗が、美味《おい》しいと思うかどうか。私が知りたいのはそこだけさ」

「そういうことなら」

皐月のコーヒー好きは、出会う前からのものだ。

ピースメーカーの隠れ家を喫茶店にしようと思ったのも、皐月のコーヒーに対する造詣《ぞうけい》の深さによるところが大きい。

「どうぞ」

アンティークのカップとソーサーがカウンターに置かれた。

その中で揺蕩《たゆた》う琥珀《こはく》色の液体を愉《たの》しんでから、そっと口元に寄せた。

「――うん。美味しいです」

「そうか。よかった」

皐月は微笑んで、自分のカップも傾ける。

細かいことは、なにも聞いてこなかった。それが、千鳥《ちどり》皐月という人であることを、征斗はよく知っている。

「それで、頼んでいたヤツなんですけど」

「ああ」

左手でコーヒーを傾けつつ、皐月は右手でノートＰＣを開く。

スリープ状態から復帰した愛機を操作しながら、皐月は長い脚を組み替えた。

「一通り、調べ終わっているよ。早速聞くかい？」

「はい。美月《みつき》が来る前に、エターナルのメンテも終わらせたいので」

ちらりと古い壁掛け時計に視線を向ける。

まだ亜里沙《ありさ》が来る時間ではないが、早く済ませるのに越したことはないだろう。

頷いた皐月は、ピアノを演奏するかのような滑らかさでキーを叩《たた》くと、

「まず、一人目は瑠璃《るり》――いや、ルリアディス・フォン・バルクシュタインからだね」

その情報が映し出された画面をこちらに向けてきた。

反転してきた画面には、能面の瑠璃が映し出されていた。おそらく、高校の願書に貼《は》られた証明写真だろう。

「この子が、征斗の言っていた、ちょろいん記録が十分の子でいいのかな？」

「……なんですか、そのけったいな記録は」

「おや、説明がいるかい？」

楽しそうな皐月のその問いかけに、征斗は話を先に進めてくださいと返すしかない。

「征斗と同じ学校だとか、同じ学年だとかいう基本情報は知っているだろうから省略するよ。既に知っているかもしれないが、彼女は、バルクシュタイン公国の公女様だ」

ゆっくりと話をしながら、皐月がカウンターに頬杖《ほおづえ》をつく。

「今代のバルクシュタイン公爵閣下の次女で、公位継承権は第二位。その真《ま》っ直《す》ぐな性格と類稀《たぐいまれ》なる剣の腕から、公国での人気は非常に高いらしい。けれど、それをよく思わない人も少なくないらしく、いろいろと難しい立場に立たされているようだね」

ディスプレイ上には、さらに詳細な情報が映し出されている。

それを手早くスクロールさせながら、征斗は気になっていたことを口にした。

「ピースメーカーと関連したことは？」

「直接はないね。ただ」

少しだけ言葉を選ぶような間を置いてから、皐月はこう告げてきた。

「前にも話した通り、バルクシュタインも関係する事件に我々が関与したことは、何度かあるんだ。政府からコンタクトを熱望されたことも初めてじゃない。そういう意味で、今回の接触がなんらかの目的を持ってのものである可能性は、ゼロではないだろうね」

意図しての邂逅《かいこう》であった可能性は、十分にある。

ピースメーカーとコンタクトを取るため、征斗に接触を図ってきた可能性は十分に考えられた。

「二人目は、奥和田澪《おくわだみお》だね」

ノートPCを操作して、今度は別の画面を表示させる。

映し出されたのは、どことなく幼さの残る、緊張した様子の可愛《かわい》い少女の写真だった。

「彼女のちょろいん記録は十五分、と」

「……記録しないでください」

追加されたデータに文句をつけるも、皐月はどこ吹く風で、

「この子については、征斗も知っていたんじゃないかい？」

「まあ。あの奥和田の一族、ってことくらいは」

改めての確認だったが、皐月は静かに頷きを返してきた。

「世界中に傘下の企業を持つ、奥和田グループの創業一家さ。最近、少し業績は落ち気味だが、それでもそのスケールとブランド力は世界でも有数のものだ」

そう。

俗世に疎《うと》い征斗だって、その名前は知っている。世界的にも名前が知られており、生涯のうち、奥和田が関係している製品に触れない人はほとんどいない、と言われているくらいだ。

そして、澪については、もう一つ重要な情報がある。

「彼女については、我々ピースメーカーも無関係ではない。あの人との関係もあるからね」

コーヒーを傾けながら、征斗は無言で頷く。

そのことについては、澪があのアパートへやって来た時からわかっていたことだ。

皐月はコーヒーカップの縁を指でなぞりながら、難しそうに眉《まゆ》を顰《ひそ》める。

「ただし、だからこそ、敵か味方かは慎重に判断する必要があると思うよ。同じ一族だからって、同じ考えを持っているとは限らないから」

「そうですね」

親子だろうと、兄弟姉妹《しまい》だろうと、血が繋《つな》がっているから仲がいい、なんてことはない。

それは歴史が証明している事実であり、血が繋がっているからこそ起こる問題だって少なくない。

「で、最後は逢妻香乃《あいづまかの》。キミの後輩になる女の子だ」

ノートPCを指で操作しつつ、皐月は空になったコーヒーカップをテーブルに置いた。

「彼女については、そうだね。直接聞いてみた方が早いかもしれない」

「直接……？」

「ああ」

意味がわからず眉を顰めていると、背後でカウベルが元気に鳴り響く。

まだ亜里沙が来るには早い時間だと思っていたところで、

「――あ、あの、すみません」

別の声が、喫茶店内に響き渡った。

「本日、アルバイトの面接をお願いしていた者なのですが……」

「……げ」

振り返った先にいた人物を見て、思わず征斗がそんな声を上げてしまう。

「ああ、待っていたよ」

一方、皐月はごくごく軽い口調で応《こた》えていた。

入ってきた人物――香乃と目が合うと、同じ学校の後輩でお隣さんの少女が小首を傾《かし》げる。

「あ、あれ、征斗先輩……？　どうしてここに……？」

それはこちらのセリフだ、と答える前に、正解を皐月が口にする。

「征斗もウチでバイトしているのさ。キミが逢妻香乃さんだね？」

「あ、はい。よろしくお願いします」

「うん、礼儀正しくてよろしい。採用だ」

「ちょっと……!?」

反射的に立ち上がった征斗を横目に、皐月は涼しい顔でカウンターの席を指し示した。

「冗談だよ。まあ、とりあえず座ってくれ」

「はい、失礼します」

素直に頷いて、香乃がちょこんとカウンターに座る。

休日なので、香乃は私服に身を包んでいた。そんな香乃に、皐月は微笑みかけると、

「コーヒーは大丈夫かい？」

「はい。ブラックは苦手ですけど、砂糖とミルク入りなら」

「じゃあ、ちょっと待っていてくれ」

愉快そうな顔で頷いてから、もう一杯のコーヒーに取り掛かる。

そんな皐月の横顔を恨みがましく一瞥《いちべつ》してから、征斗は隣に座った香乃に問いかけた。

「………どうしてここに？」

「いえ、本当にアルバイトの面接で来たんです。その、あまり余裕があるわけではありませんから、お小遣《こづか》いくらいは自分で、と思いまして」

椅子《いす》の上でお行儀よく座っていた香乃が、そう言って微笑む。

「それで、アルバイトを募集しているところを探していたんですが、この間、学校帰りに、凄《すご》く感じのいい喫茶店を見つけまして」

「感じのいい喫茶店、ね」

ぐるりと店内を見回す。

アンティーク調に纏《まと》められた、それほど広くないこの喫茶店は、確かにセンスのいい店だろう。

関係者である征斗だってそう思う。

とはいえ、今回ばかりは、それが裏目に出たようだった。

「嬉《うれ》しいことを言ってくれるね。はい、どうぞ」

「わ、ありがとうございますっ」

出てきたコーヒーに少量の砂糖と、たくさんのミルクを入れてから、香乃はそれを口元に運んだ。

「これ、美味しい……！」

「そうかい？　クッキーも摘まんでくれていいからね」

「はい、ありがとうございます！」

香乃はお行儀よくクッキーを摘まみながら、嬉しそうな表情を征斗に向けてきた。

「でもまさか、征斗先輩もここでアルバイトされてるとは思いませんでした」

「……本当か？　本当に知らなかったのか？」

「嘘《うそ》なんてついてどうするんですか。あ、このクッキーも美味しいです」

言って、ぱくりとクッキーを頬張《ほおば》る。

同じ学校に、隣の部屋。そして、アルバイト先まで一緒というのは、偶然と考えるには、あまりにも出来過ぎてないだろうか。

香乃が黒猫《Black Cat》だと考えるなら、いろいろと辻褄《つじつま》が合うような気がしてならない。

クッキーとコーヒーのハーモニーを愉しんでいる香乃をよそに、征斗はカウンターの反対側に回ると、

「ちょっと、皐月さん……！」

「ん？　なんだい？」

呑気《のんき》に二杯目のコーヒーを淹れ始めた皐月に、小声で詰め寄った。

「なに考えてるんですか⁉」

「いやなに、アルバイトがもう一人くらい欲しいと思っていたからね」

「客なんてほとんど来ないでしょう⁉」

「ま、そうなんだけどさ」

楽しそうに笑ってから、皐月はすっと声のトーンを落としてきた。

「――虎穴《こけつ》に入らずんば虎子《こじ》を得ず、と言うじゃないか。あの子の情報を得たいなら、いっそ雇ってみるのも手かと思ってね」

皐月の答えを受けて、征斗は言葉に詰まる。

確かに、現状では誰《だれ》がどういう目的を持っているのか、わかっていない。

ならば、すぐ近くで泳がせて動向を探ってみる、というのは、確かに一つの手ではあった。

「……バイト先が同じなのも、偶然じゃないと？」

「それを見極《みきわ》めるのが、キミの役目さ」

綺麗《きれい》にウインクしてみせると、皐月は改めて香乃の前に立った。

「さて。では、香乃と呼んでもいいかな？」

「あ、はい。もちろんです」

緊張した面持ちで、香乃が背筋を伸ばす。

皐月はそんな香乃を見て一つ頷くと、

「今から、面接を始めよう」

「はい、よろしくお願いします」

「というわけで、征斗。頼んだよ」

「…………は？」

いきなり丸投げされた征斗が、思わず間の抜けた声を上げる。

皐月は悪戯《いたずら》っぽく微笑むと、

「キミが面接するんだ。採用するかどうかの判断も、キミに任せる。私は奥でケーキの仕込みをしているから」

「いや、ちょっと皐月さん⁉」

厨房へ行こうとした皐月が征斗の横を通り様、そっと囁《ささや》いてきた。

「――このチャンスを上手《うま》く使うといいさ。いろいろ聞き出してみるといい」

「それは……」

「可愛い子じゃないか。亜里沙から乗り換えるのも、手かもしれないよ？」

「な……っ⁉」

ぽん、とこちらの肩を軽く叩いて、後は任せたよ、と皐月は裏へと消えてしまう。

「……全く、あの人は……っ」

そういう人だとは知っていたが、なんでも話が急過ぎる。

ぽかんとした表情で皐月を見送っていた香乃は、

「すっごく綺麗な人ですね？　このお店のオーナーさんなのですか？」

「いや、この店を任されてる店長だ。オーナーは別にいる」

皐月はただの雇われ店長だ。

香乃はなるほど、と両手を合わせると、

「確かに、とってもお若いですよね。というより、私たちとそれほど変わらないような……？」

「ああ」

香乃の推察した通り、皐月と征斗たちは、大して年齢が離れているわけじゃない。

「もともと、大学生だったんだが、大学入ってすぐ辞めることになったらしくてな。その後、いろいろあってから、ここの店長することになったんだと」

「なるほど。なんだか憧《あこが》れます。自分というものが、しっかりある女性って」

格好いい、と香乃は羨望《せんぼう》の眼差《まなざ》しを皐月の消えた奥へ注《そそ》いでいる。

しかし、すぐにその興味が征斗へと移ったようで、

「それよりも、征斗先輩。その、一つ、お願いがあるのですが」

「？　なんだよ？」

「ちょっと、そちらに立っていただけませんか？」

「は？　なんで？」

「征斗先輩の制服をよく見たいんです。ダメでしょうか……？」

よくわからないが、断る理由も見つからず、征斗はホールの真ん中辺りに立った。

「そのシルバーのトレイも持っていただけますか？　あ、小脇《こわき》に抱えていただければと」

「……なにかのまじないか？」

「はい、そのようなものです。あ、そのままで」

言って、香乃は本人曰《いわ》く、買ったばかりのスマートフォンを掲げた。

――カシャ。

「はい、もう大丈夫です。ありがとうございました」

「……おい」

いそいそとスマートフォンを操作し始めた香乃に、征斗は頬《ほお》を引くつかせながら手を差し出した。

「なに勝手に写真撮ってるんだ」

「す、すみません、ウェイター姿の征斗先輩が格好よくて、つい……」

反射的に撮ってしまいました、と、こちらにスマートフォンの画面を見せてくる。

「でも、とってもよく撮れました。見てください、征斗先輩！」

写真の中では、毎朝鏡で見ている人物が、愛想の欠片《かけら》もない表情でカメラ目線を寄越している。

香乃は写真を確認し、本当に嬉しそうな表情を浮かべていた。

単に写真が撮りたかった、と香乃は言うが、本当だろうか。

これを元になにかを脅してくるかもしれない——と考えるのは、さすがに深読みのし過ぎかもしれない。

「よく撮れていようがなんだろうが、デジタルリテラシー的にアウトだ。消せ」

「そんな……!?」

ショックを受けたように目を見開くと、香乃は泣きそうな表情を征斗に向けてきた。

「……どうしても、消さないとダメですか……？」

小さな両手をぎゅっと握り締め、チワワのような目で、征斗を見上げてくる。

「征斗先輩の格好よさが、これでもかと溢《あふ》れているんです。私にとっては、どんな宝石よりも、どんなお洋服よりも、大切な宝物なんですっ」

スマートフォンを胸に抱きしめながら、そんなことを訴えてくる。

しばしの鍔《つば》迫り合いがあったものの、最終的には、征斗が嘆息《たんそく》と共に折れた。

「……好きにしろ。確かに、撮るなとは言ってなかったからな」

「あ……」

ぱっと表情を華やかせると、香乃はふんわりとした笑みを向けてきた。

「はい！　ありがとうございます、征斗先輩っ」

本当に嬉しそうに笑って、香乃はいそいそとスマートフォンを操作し始める。

征斗は適当に椅子を引っ張ってきて腰を下ろすと、そんな香乃の前に座った。

「で、面接だったか」

「あ、はい、改めてお願いします」

スマートフォンを鞄《かばん》にしまい、香乃が姿勢を正す。

「逢妻香乃、十六歳、高校二年生です」

「そんなことは知っている」

「好きな物は甘い物全般、好きな人は征斗先輩、欲しいものは征斗先輩の子供です」

「そんなことは聞いていていない」

これはなかなかの強敵だ。

話の通じない宇宙人とコミュニケーションしているような感覚に、頭痛すら覚えながら、征斗は気を取り直して問いかける。

「それで、どうしてアルバイトなんてしたいんだ」

「あ、はい」

頷いた香乃は、淡々とした口調で告げてくる。

「補助金や奨学金があるので、生活費や学費は大丈夫なんですけど、自分のお小遣いくらい、自分で稼ごうと思いまして」

特に気負った様子もなく、香乃はそう言って微笑んだ。

人のことは言えないが、この歳《とし》で一人暮らしとなれば、それなりに事情があるのだろう。

想像していた以上にしっかりとした理由だったので、征斗は思わず頷いてしまう。

「偉いもんだな」

「いえ、全然、偉くなんかありません。必要なことをしているだけですし、私よりも大変な人はいっぱいいますから」

苦労してきているからか、香乃の口からはさらりとそんなセリフが出てくる。

「それに、征斗先輩だって、アルバイトされてるじゃありませんか。制服姿、とても格好いいです」

「俺は……」

アルバイトはただのカモフラージュで、この隠れ家に出入りする表向きの理由が作れればよかっただけだ。

もちろん、そんなことは言えないので、征斗は小さく首を振ると、

「いや、俺のことはいいんだ。それよりも」

征斗はカウンターの上に並んでいる、コーヒーを淹れるための機材を指し示した。

「コーヒーの淹れ方はわかるか？」

「え？　あ、いいえ。ペーパードリップくらいしか」

「飲食店でのアルバイトの経験は？」

「すみません、前はコンビニでアルバイトしていましたので……」

「希望のシフトは？」

「ええと、平日は夕方以降、土日はどこでも大丈夫です。ただ、奨学金の関係がありますから、テスト前は少しお勉強の時間がもらえると嬉しいです」

つまるところ、特別な要求はない、ということだ。

征斗は丁寧にワックスをかけた床を爪先《つまさき》でとんとんと指し示すように叩くと、

「平日は十六時から二十時まで、土日は十一時から十九時までだ。客なんてほとんど来ないから、シフトは好きにしてくれていい。入りたい時間に入ってくれ」

「え？　あの、それって……」

「制服の用意ができるまでは、予備のエプロンをしてくれ。一応、汚れてもいい格好で来ること」

別に学校の制服のままでもいいけどな、と付け加える。

そこで、ようやくなにを言っているのか呑《の》み込《こ》めたのか、香乃が前のめりになって聞いてくる。

「もしかして……採用していただけるんですか？」

「まあ、その、そういうことだ」

そっぽを向いてそう告げると、香乃の表情がぱっと華やぐように笑顔で彩《いろど》られた。

「ありがとうございますっ！　えへへ、やっぱり征斗先輩は優しいですっ」

「……勘違いするな。あくまで仕事だ、仕事」

「はい、もちろんです」

口元を嬉しそうに緩《ゆる》め、香乃は胸元《むなもと》で両手を握り締める。

そこに、エプロンをした皐月が現れると、楽しそうに二人を眺めてから言ってきた。

「どうやら、決まったようだね」

「あ、皐月さん。これからよろしくお願いしますっ」

「ああ、こちらこそ。よろしく頼むよ、香乃」

「はいっ」

やる気満々の香乃を横目に、皐月が征斗へそっと身を寄せ囁いてくる。

「ふむ、さすがちょろいん記録《タイトルホルダー》五分の子だね。男を乗せるのが上手なようだ」

「…………」

そう言われてしまえば、ぐうの音も出ない。

「けどまあ、真面目《まじめ》な話、意外だったかな。征斗は断るかと思っていたよ」

「まあ……いろいろと」

「そうなのかい？　私としてはどちらでも構わなかったのだけれど、いいのかな？」

「いいって、なにがです」

皐月はおやおや、とでも言いたそうな表情を浮かべると、すっかり失念していたことを告げてきた。

「ここには、もう一人、アルバイトがいるだろうに」

「…………あ」

完全に忘れていた。

征斗の表情から全《すべ》てを察したのか、皐月はからかうような笑みを向けてくる。

「亜里沙が今の二人を見たら、どう思うだろうね？　職場恋愛は構わないと言ったけれど、店で修羅場《しゅらば》はやめてほしいかな」

その場の光景を思い浮かべ、全身から血の気が引いていくのを感じる。

征斗は小躍りしそうなくらいに喜んでいる香乃に向き直ると、

「香乃、よく聞け。お前はやっぱり不採――」

「——おはようございます」

終末を知らせるカウベルが、高らかに鳴り響く。

入ってきたのは、私服姿の亜里沙だった。

「おはよう、久世《くぜ》くん。今日もよろしく……ね……？」

いつもと違うお店の光景に、亜里沙は目をぱちくりさせると、

「あれ……確かこの間、久世くんを探してた……？」

「はい。今日からこちらで、アルバイトすることになりました、逢妻香乃です！　今日からよろしくお願いします！」

「え？　あ、うん。よ、よろしく？」

物怖《お》じというものをしない香乃に気圧《けお》され、亜里沙が勢いに負けて頷く。

それから、香乃と征斗を交互に見やると、

「そっか、二人はもしかして、仲良しさんなのかな？」

「いや、仲良くない」

「はい、仲良しなんですっ」

正反対の答えが飛び交い、後ろで皐月が噴き出して肩を揺らす。

「面白《おもしろ》いね、キミたちは……亜里沙、すまないけど、香乃が使うエプロンを取りに行ってくれないかな？　ついでに、香乃にロッカーの使い方を教えてあげてくれ」

「あ、はい……じゃあ、逢妻さん、一緒に行こうか」

「はい、お願いします」

二人が消えたのを確認してから、皐月が長い髪をかき上げながら言ってきた。

「さて、征斗。今のうちに、エターナルのメンテナンスを頼めるかい？」

「……いいですけど」

いろいろとどうでもよくなり、嘆息を一つこぼしてから、征斗はオーナールームと掲げられている部屋へと足を踏み入れる。


オーナールーム自体は、ただの小さな部屋だ。

この部屋の本棚に仕掛けがあり、虹彩認証をパスすると、そこに小さな下り階段が現れる仕組みになっていた。

その階段を下っていった先では、大きな鋼鉄製のドアが待ち構えており、静脈認証とパスワードを組み合わせると、中に入ることができる。

そこには、喫茶店よりも大きな空間が広がっていた。

「エターナル、認証開始」

暗い部屋に、薄ぼんやりと、青白い光が点灯する。

それが部屋全体に広がったところで、機械音声が知らせてきた。

『――最上位管理者、久世征斗を認証しました』

なにかが起動する音が響き、部屋全体が一気に熱量を帯びてくる。

征斗は入ってすぐに置かれた椅子へと腰かけると、それに合わせたように、ディスプレイの電源が灯《とも》った。

『量子計算機エターナル、起動を開始します』

ディスプレイに、様々な起動シーケンスの情報が現れては消えていく。

それらを一瞥していると、隣の椅子へ腰かけた皐月が、サブディスプレイを手の甲で軽く叩いた。

「少し演算エラーが多くなっていてね。念のため、征斗に見ておいて欲しいんだ」

「わかりました」

起動が完了するのを待ってから、簡素なコンソール画面に命令を打ち込んでいく。

「メモリは正常、NVMのチェックコード異常は許容範囲内、温度管理も正常、コアの自己チェックは――ああ、これかな」

次々と現れる情報を確認していると、一部、おかしな結果を返している箇所を発見した。

「八十七番コアのエラー……これは、物を交換しないとダメそうですね。後で修理しておきましょう」

「すぐには使えそうにないかい？」

「いえ、この部分だけ演算から一時的に除外しておきます。利用には問題ありません」

コアの利用エンジンの設定ファイルを弄り、そこだけ再起動をかけておく。

いくつかのテストパターンを流したところで、皐月がいくつかのファイルを示してきた。

「なら、早速なんだけれど、ちょっと解いてほしい暗号文があってね」

「RSAですか？」

「いや、楕円曲線暗号《ECC》のようだね。どちらにせよ、問題ないだろう？」

「ええ」

転送されたデータのフォーマットを揃《そろ》えてから、征斗は音声認識に命令を下した。

「一瞬ですから。エターナル、コンソールを起動」

『コンソールを起動します。コマンドをどうぞ』

このマシンには、既存のOSやアプリを載せることはできないため、全て独自のソフトウェアが搭載されている。

キーボードを軽《かろ》やかに叩きながら、征斗はその処理を開始した。

「中間状態を制御、フーリエ変換のパラメータを設定、選定されている楕円を特定し、ドメインパラメータを設定してから、素因数分解を開始」

いくつかの命令を打ち込んでいくと、ごくわずかな間を置いてから、結果がファイルに吐き出された。

「――終わりました」

「いつ見ても、手品のようだね」

口笛を鳴らして、皐月が量子コンピュータに賞賛を送る。

「本物の量子コンピュータがこんな場所で稼働していると知ったら、とんでもない大騒ぎになるだろうね」

「現在、世界中で利用されている公開鍵《かぎ》暗号は、理論上、どれも一瞬で計算が終わってしまいますから」

世界には、短いビット数であれば量子コンピュータを実現させている事例がある。

しかし、暗号解読に必要なビット数はそれを遥《はる》かに超える。安定的にそれを運用させる量子コンピュータは、今のところ地球上に存在しないとされていた。

そう――ただ一つ、目の前に鎮座している、この巨大な計算機以外は。

「我々ピースメーカーの切り札だからね。これを保持しているということ自体、秘密にし通さなければならない」

「ええ。世界に一台しかありませんし、開発者が残っていない以上、二台目は作れませんから」

「前にも言っていたけれど、征斗でも無理なのかい?」

「無理ですよ」

小さく肩をすくめてから、征斗は結果のファイルを皐月に転送する。

「車の運転ができるからって、車を作れるわけじゃないのと同じことです。こいつを完成させた爺《じい》さんは、奇人変人を絵に描いたような人でしたけど、本物の天才でしたから」

征斗の祖父は、研究者だった。

もともと産学協同の研究所にいたのだが、その後独立して自分の研究所を立ち上げ、いくつかの企業の顧問として活躍していた。

そんな祖父が晩年、心血を注いでいたのが、この量子コンピュータだ。

そして、祖父の研究所によく出入りしていた征斗だけが、今、この特殊なマシンを扱うことができる。

それでも、中の構造の詳細は知らないし、代替部品も尽きれば修理もできなくなるだろう。

セルフチェックを再度走らせながら、征斗は椅子の背もたれに身体《からだ》を預けた。

「香乃を雇ったのは、やっぱり失敗でしたかね……?」

「ふむ。彼女がどこかの密偵である可能性は、まあ、否定できないけどね」

皐月は机の端に軽く腰かけると、少しだけ考え込むように口元へ手を添えた。

「けれど、この場所をただの喫茶店にカモフラージュする必要もあるしね。ここは、征斗の判断に賭《か》けてみようじゃないか」

「……さりげなく責任を押しつけないでください」

返ってきたのは、愉快そうな笑みが一つ。弁明する気もないらしい。

「さて、ここから先の情報解析は私の仕事だ。詐欺集団に関する有力な情報がないか洗ってみるから、征斗は少し店を見ていてくれるかい？」

「わかりました」

皐月が自分のマシンを立ち上げるのを横目に、征斗は店に戻った。

オープンの看板を引っくり返し、今日のおすすめケーキが書かれた看板を出してからしばらくすると、カウベルが鳴った。

「いらっしゃいま……せ」

現れたのは、ふわふわした衣装に身を包んだ澪だった。

すっと背筋を伸ばした澪が、征斗を見つけて嬉しそうに微笑む。

「こんにちは。空いてるかしら？」

「……窓側のお席へどうぞ」

ありがと、と案内された席に座った澪にお冷を出しながら、征斗は胡乱《うろん》な目を向けた。

「どうしてここがわかった？」

「どうしてって……ここへ来ると、征斗の写真を撮らせてもらえるって聞いたんだけど？」

「そんなサービスはしていない」

いそいそとスマートフォンを構えた澪に、残酷な事実を突きつける。

というか、もう情報が伝わっていることに、ただただ呆《あき》れる他《ほか》ない。

「そ、そうなの……？　なんだ。じゃあ、私はここでなにをすればいいのよ？」

「コーヒーを頼め。ここは喫茶店だ」

言って、メニューを突きつける。

澪はメニューを広げるも、どこか嫌そうな顔で告げてきた。

「私、コーヒーそんなに飲まないのよね」

「……もう帰れよ。なにしに来たんだよ、お前は」

「うそうそ、冗談よ。じゃあ、もしかして、ここに亜里沙もいるの？」

「ああ。今は奥にいるけど……この店のこと、知らなかったのか？」

「ええ」

どうやら、亜里沙は友人にもここのことを隠していたらしい。

「亜里沙は恥ずかしがって、バイト先を教えてくれなかったのよ。けど、まさかこんな近所にあったなんて」

「呼んで来ようか？」

「ううん、いい。お仕事の邪魔しちゃ悪いわ」

言って、澪がメニューを眺める。

この喫茶店のメニューは、とてもシンプルだ。コーヒーと紅茶、それから少しのソフトドリンク。

後は皐月が作るケーキやクッキーだけだ。軽食はやっておらず、アルコール類も提供していない。

「じゃあ、本日のケーキセットをお願いするわ」

「かしこまりました」

征斗は渋々伝票に注文を書き込むと、カウンターの奥に引っ込んだ。

そこでコーヒーやケーキを用意しながら、ふと、一つの可能性に思い至った。

「……誰か一人がピースメーカーを探っているのかと思ったけど、よく考えたら、全員グルって可能性もあるな……」

サイフォンでコーヒーを淹れながら、こっそりスマートフォンを操作する。

「香乃の端末からの通信を解析、利用しているSNSから使用頻度の高いものを特定、ここ数日の記録で、久世征斗に関する内容があるかどうかを検索」

必要以上の情報を覗《のぞ》くつもりはない。

なるべく情報を限定して通信記録を解析していると、そこには想像以上の情報が溢れていた。

「……なんか、大量の通信記録があるぞ……」

本当に密偵だったら、こんな普通のSNSで重要な情報を送信しているとは思えないが、カモフラージュしているという可能性もある。

その内容を眺めていると、思わず顔が引きつるような内容が飛び出てきた。

「なんだこの、征斗ラバーズっていうグループは……」

直訳すると、征斗の愛人たち、みたいな意味になっているが、そこまで深いことを考えてないのだろう。そう信じたい。

最新の通信履歴を漁《あさ》ってみると、こんな内容が赤裸々に綴《つづ》られていた。


KANO＞恋ノ下っていう喫茶店で、征斗先輩を発見しました。ウェイター姿、必見です！

ミオ＞本当に？　場所はどこ？

KANO＞アパートから歩いて十分くらいの場所です。地図を送りますね。

ミオ＞こんな所に、喫茶店あったんだ……！

瑠璃＞ずるい。わたしも行きたい。

KANO＞これが、征斗先輩の写真です。

ミオ＞なにこれ、か、格好いいじゃない⁉　髪を纏めたら、私もすぐに行くからねっ！

瑠璃＞むう……今日は公務があるから行けないのに……。

KANO＞では、瑠璃ちゃんには後で教えてあげますね。

ミオ＞ちなみに、あんたはそのお店でなにしてるのよ？

KANO＞実は、お店でアルバイトすることになったんです。

瑠璃＞ずるい。

ミオ＞ずるいわっ！

KANO＞なんと、今日これから初仕事なんです。頑張りますね！

瑠璃＞けれど、写真持ってるのは香乃だけではない。これを見るといい。

KANO＞これは……アメタローと征斗先輩？

瑠璃＞こんな柔らかい表情の征斗、なかなかない。レアもの。

KANO＞やりますね、瑠璃ちゃん。それで、いくらです？

瑠璃＞お金なんかいらない。高解像度版が欲しければ、もっと写真を撮ってくるといい。

KANO＞わかりました。取引成立です！


見ているのが辛《つら》くなってきたので、そこから先のデータを開かずにスマートフォンをしまった。

「……なにやってんだ、こいつら……」

頭を抱えたくなってくる。

トレイにカップとケーキを載せ、窓際《まどぎわ》でぼんやりと外を眺めていた澪の元へと持っていく。

「お待たせしました。ブレンドとミルフィーユです」

「ありがと」

目の前に出されたコーヒーの香りを愉しむと、澪はどこか大人っぽく微笑んだ。

「いい香りね。もしかして、征斗が淹れてくれたの？」

「ん、まあ。と言っても、豆は同じだし、誰が淹れてもそんなに変わらないよ」

カウンターに置かれているサイフォンを一瞥してから、征斗は謙遜《けんそん》ではなく本心で告げる。

フォークを使ってミルフィーユを一口食べると、澪は驚いた様子で反対の手を口に当てた。

「このケーキは……？」

「これは、ウチの店長が作ってるもんだよ。一人でやってるから、種類や数は少ないけど」

「ううん、すっごく美味しい！　こんなお店が近くにあったなんて、全然知らなかったわ」

恋ノ下のケーキは、全て皐月の手作りだ。

一人で作っているため、種類は多くないものの、どれも本格的な出来栄えで、少ないながらもファンがいるほどだ。

他に客のいない店内を見回すと、澪は実に素直な感想を口にしてくる。

「看板も目立たないようにしてるし、まるで隠れ家ね」

「……そうだな」

本当に隠れ家なので、思わず変な反応をしてしまいそうになるのを、ぐっと抑える。

もしや澪が諜報員なのか、などと勘ぐっていたところで、

「――お待たせしました、征斗先輩」

店員にあるまじき大きな声を発して登場したのは、着替えを終えた香乃だった。

「ど、どうでしょう？　似合っていますか……？」

言って、くるりと一回転する。

お店のシックな制服のスカートが、香乃の動きに合わせて舞っていた。

アンティーク調のお店の雰囲気に合わせて皐月がデザインしたエプロンドレスで、動きやすさを重視し、スカートの裾《すそ》などは短めに用意されている。

新しい洋服が嬉しいのか、くるくる回っている香乃を見やると、征斗は眉を顰めた。

「……どうして制服着てるんだ？」

「亜里沙先輩が、予備を貸してくれたんです」

バレリーナのようにぴたりと動きを止め、香乃がちょこんとスカートの裾を摘まむ。

「それで、どうでしょう……？　その、おかしくありませんか……？」

「まあ……いいんじゃないか。おかしくはないと思うぞ」

「本当ですか？　えへへ、やりましたっ」

小躍りして喜んでいる様子からすると、よほど制服が嬉しいらしい。

そんな香乃の後ろから、自身も制服に着替えた亜里沙が出てきた。

「ごめんね、久世くん。遅くなって」

「いや、その、こっちこそすまなかったな。面倒なこと押しつけて」

「ううん、面倒なんかじゃないよ」

銀のトレイを胸に抱えたまま、亜里沙はいつも通り優しく微笑む。

「わたしも最初、久世くんにたくさん助けてもらったから。だから、わたしも逢妻さんを助けてあげたくって」

「……美月は、最初から大丈夫だっただろ」

「全然、そんなことないよ」

当時を思い出すように天井《てんじょう》を見上げると、亜里沙は失敗した数々の経験を口にする。

「お客さんの前でグラスをひっくり返しちゃったり、レジ間違えちゃったり、オーダーを通し忘れちゃったり。最初は失敗ばっかりだったもの」

当人はそう言うものの、亜里沙は最初から、わりと小器用にこなしていた記憶がある。

亜里沙はなにか楽しいことを思い出したのか、くすりと笑みをこぼすと、

「でも、その一つ一つを、久世くんが丁寧にフォローしてくれて。久世くんとしては大したことなかったのかもしれないけど、わたしは、すっごく嬉しかったんだよ？」

「…………」

「だからわたしも、ここでの先輩として頑張らなきゃ。誰かを助けてあげられる人に、わたしもなりたいから。久世くんみたいに——あ、いらっしゃいませ」

新しい客を出迎える亜里沙の背中を見ながら、征斗も当時のことを思い出していた。

※　※　※

美月亜里沙の存在は、入学当初から知っていた。

一年生の時から同じクラスで、目立つ存在というわけではないものの、誰にでも分け隔てなく接する優しさと、異性の視線を集めてやまない可愛らしさは、その手の話に疎い征斗でも十分に理解できるものだった。

だからこそ、亜里沙と関《かか》わったことはほとんどなく、クラスの用事で一言二言会話をした程度の記憶しかない。

そのため、その日に来ていた客が亜里沙であることすら、征斗は気づいていなかった。

「あの、このお店、アルバイトとか募集してませんか……？」

「うん？」

閉店時間も迫り、そろそろクローズの準備を始めようとしていたところで、最後までお店にいた女性客が、皐月にそんなことを問いかけていた。

その時、征斗は離れた場所のテーブルを片付けていたように記憶している。

皐月はサイフォンを片付けていた手を止め、不思議な顔をして首を傾げていた。

「アルバイトか。今は募集していないけれど……もしかして、働きたいのかい？」

「は、はい」

カウンターでケーキセットを食べていた女性客は、少し興奮した様子で身を乗り出すと、

「ここのケーキ、とても美味しくて……わたし、いつかこういうケーキを作ってみたいと思って、それで、それで……っ」

上手く言葉にできず、少しだけ興奮した自分に気づいたのか、少女がぱっと赤くなる。

「あ、す、すみません、こんな突然。あまりにここのケーキが美味しくて。奥からいい香りがするので、多分こちらで作っているんだと思ったら、つい……」

「いやいや、構わないよ」

皐月は興味を持った様子で少女に向き直ると、空になったケーキの皿に視線を落とした。

「キミは将来、パティシエールにでもなりたいのかな?」

「はい。将来は、そうなればいいなって思っています」

思った以上に明朗《めいろう》な答えが返ってくる。

きっと、彼女にとって、それは確固とした夢なのだろう。誰に恥じることも、遠慮することもなく、それを叶《かな》えたいという気概が、ひしひしと伝わってくる。

そして、征斗はそんな少女の心意気が、嫌いじゃなかった。

「そうか。ウチはアルバイトの募集をしていないのだけれど……」

「――いいんじゃないですか、別に」

征斗は片付けの手を止めないまま、気づけばそんなことを言っていた。

その時になって初めて、少女は征斗の存在に目を丸くする。

「あれ、確か……同じクラスの、久世くん？」

「ん……？　ああ」

征斗も、名前を呼ばれて初めて、その少女が同じクラスの存在だということに気づいた。

そして、テーブルを拭きながら、征斗は皐月に言う。

「俺もシフトに入れない日がありますし、皐月さんも手が離せない時がありますよね？」

「まあ、それはね」

ピースメーカーの仕事で忙しい時は、店を閉めるしかなかった。

客の入りなんて気にしないが、あまり不定期に休みだったりすると、不自然さが目立つかもしれない。

そういう意味では、普通のアルバイトがいても悪くないのではないかと、征斗は思っていた。

「だったら、ちょうどいいんじゃないかと思います。もちろん、店長である皐月さんがよければ、ですが」

「ははっ、ずるい物言いをするようになったね」

愉快そうな顔で皐月が笑う。

基本的に、面白さを優先する皐月は、迷うことなく頷いた。

「いいだろう。ええと、名前を聞いてもいいかい?」

「あ、はい。美月です。美月亜里沙といいます」

「亜里沙だね。ここはあくまで喫茶店だから、フロアの仕事がメインになると思うけれど、それでもいいかい?」

「はい、構いませんっ」

覚悟はできている、と言わんばかりの気合を亜里沙は見せる。

「なら、来週から手伝ってもらえるかな? シフトなどの条件は、その時に決めよう」

「はい、よろしくお願いします!」

大げさなまでに頭を下げてから、亜里沙は小走りに征斗の元へ駆け寄ってきた。

「あの、ありがとう、久世くんっ」

「いや、別に」

「ううん。久世くんのおかげだよ」

言って、優しい笑みを向けてくる。

「いつか、こういう素敵なお店で働けたらって思ってたんだ。それが、本当に叶っちゃうなんて」

どこか興奮した様子で亜里沙は言い、そして、晴れやかな笑顔を惜しみなく浮かべてみせた。

「だから、これからも、よろしくね。久世くん」

不覚にも――
征斗がその笑顔に惹《ひ》き込まれてしまうまで、それほどの時間は必要としなかった。

※　※　※

午後になり、客が少なくなったタイミングで、皐月がこんなことを言い始めた。

「征斗。すまないが、豆が切れたから買ってきてくれないかい？」

「……喫茶店にあるまじき欠品ですね」

「いつもは、客なんてほとんど来ないからね。それに、豆は新しい方が美味しいに決まってるだろう？」

屁理屈《へりくつ》で皐月に勝てるなんて最初から思っていないので、征斗はエプロンを畳むと、素直に裏口から外へ出た。

恋ノ下の豆は、全て駅の反対側にあるモールの問屋から仕入れている。

いつもは配送してくれるのだが、皐月は発注量が適当であるため、足りない時はこうして現地に赴くことにしていた。

駅の反対に出て、小奇麗なモールに辿《たど》り着いたところで、

「――あ、征斗っ」

弾んだ声に肩を叩かれる。

振り返ると、しばらく前に店を後にしていた澪が、ぱたぱたと駆け寄ってきているところだった。

「どうした、買い物か?」

「ええ。その、ちょっと、買わなきゃいけないものがあったじゃない?」

「?　なんかあったっけか」

アパートのプランターは修理してまだ使えるし、錆《さび》止めのペンキもまだ予備がある。

なんとなく一緒に歩き始めた澪が、どこか言いにくそうにもじもじしながら、上目遣《うわめづか》いを寄越してくる。

「ほら、あれよ。征斗の部屋で使う、タオルと、その、パジャマを買いに……」

「……ああ」

言われて、誰にも秘密にしている澪との関係を思い出す。

澪は持っていた鞄を胸に抱えると、顔を真《ま》っ赤《か》にして捲《まく》し立ててきた。

「ち、違うんだからね!?　別に、征斗の部屋に行きたいわけじゃなくて、部屋の給湯器が直らないだけなんだから!」

「わかってるよ。部品がないって、匙《さじ》投げられたんだったか?」

なにせ、メーカーが征斗の生まれるよりも前に潰《つぶ》れているような代物だ。

これまで騙《だま》し騙し使っていたが、ガス管の工事の影響か、ついに動かなくなってしまったらしい。

そのため、あれからずっと、澪は征斗の家のシャワーを間借りしていた。

「けど、パジャマは自分の部屋から持ってきてただろ？」

「もう、わかってないわね」

澪は、少しだけ拗《す》ねたようにこちらをねめつけてくると、

「……征斗に見られるんだから、その、少しでも可愛いのがいいに決まってるじゃない……」

上目遣いで、そんな破壊力のあることを言ってくる。

そして、すぐ思い返すように身をすぼめると、

「まあ、毎日、征斗の時間を邪魔するのは、悪いと思ってるんだけど……」

「いや、それは別に。澪が嫌じゃなければ」

「い、嫌なんかじゃないわよ」

ぶんぶんと首を振り、澪は少しだけ恥ずかしそうにしながら、そっぽを向く。

「むしろ、その、楽しみというか……征斗と二人だけの時間も好きだし、その後のお茶の時間も楽しみだし……」

いつも、夕食後に着替えを抱えてやって来て、シャワーを浴びた後、コーヒーを並べて雑談する。

そんな、不思議な関係がここ一週間くらい続いていた。

聞こえてくるシャワーの音や、ほのかなシャンプーの香りなど、毎日理性を試されているようで、正直、落ち着かなくもある。

「で、でも、勘違いしないでよね？　変なこと、考えてるわけじゃないからね？　え、えっちなことは、ちゃんと段階を踏んでからなんだからね？」

真っ赤な顔でおかしなことを言われ、思わず想像してしまった。

湯上りの上気した肌、濡《ぬ》れた長い髪、暑いからとボタンを大胆に外した胸元、畳の上で上品に投げ出された白い脚に、上目遣いでマグカップを両手で持つ可愛い少女――

駄目だ。耐えられる気がしない。

頭を振って雑念を振り払い、征斗は打開策を提案する。

「けど、ずっと壊れたままってワケにはいかないだろ？　実家に頼んで、給湯器ごと交換してもらったらどうだ？」

「そう、なんだけど……その、今は実家を頼りにくい事情があって……」

視線を落とした澪は、ぽつぽつと、奥和田家に関する事情を口にしてきた。

「――親父《おやじ》さんが怒ってる？」

「……うん、実は」

気まずそうに、澪が小さく息をつく。

「まさか、親父さん、一人暮らしのこと知らなかったのか？」

「だって、知ったら絶対反対するに決まってるもの」

澪は肩をすくめて、経緯を説明してきた。

「実は、私があのアパートに引っ越したのを知ってるのって、ママとお婆様《ばあさま》だけだったんだ。お婆様は賛成してくれて、ママは渋々だったんだけど」

しかし、澪からすると、それは大冒険の決断だったらしく。

「パパが半年ぶりに出張から戻ってきて、私が家を出たこと知って、カンカンに怒ってるらしいの。ママが先回りして連絡してくれたんだけど、もしかしたら、アパートにも乗り込んでくるかもしれなくて……」

困ったように、澪は眉根《まゆね》を寄せている。

大体の事情を把握した征斗だったが、話の流れとしては、それほどおかしなものではないように思えた。

「娘の一人暮らしを心配するのは、それほど不思議なことじゃないんじゃないか？」

「そりゃまあ、そうなんだけど。でも多分、パパは征斗が想像している以上の堅物なのよ」

ゆっくりと首を振った澪に合わせ、長い髪が寂《さび》しげに揺れる。

「パパは、なんでも自分の思い通りにならないと、気が済まない人だから」

父親を恐れているのか、澪が身体を固くする。

「子供の頃から、いろんな習い事させられてきたわ。ピアノ、体操、ヴァイオリン、語学、お茶にお華……家庭教師もいっぱいつけられたし、勉強だってずっと先までやらされてた」

教育熱心だった、ということだろうか。

程度にもよるが、そこまでは、それほど異常というわけでもないように思えた。

「でもね、私はそれが嫌で、反発したりサボったり。本当は高校だって、パパの知り合いが理事をしてるお嬢様学校へ行く予定だったんだけど。私は行きたくなくて、わざと白紙の答案を出したりしてたんだ」

「そりゃ凄いな」

筋金入りの反発具合だ。

「パパは、私を自分の後継者にしたいんだ。そのために、いろんな習い事をさせたり、勉強をさせたり。自分は世界中を飛び回って、家になんかほとんどいないクセに」

少しだけ吐き捨てるように言ってから、澪はすっと空を仰《あお》いだ。

「でも、私には私のやりたいことがあるんだ。それを叶えるために、家を出たの。誰にも邪魔をされないために」

「やりたいこと……？」

頷いた澪は、即答をせずに、自分の両手を広げて問いかけてきた。

「これ、なんだかわかる？」

「？　服、だろ？」

「うん、まあ、そうなんだけど」

薄水色の、シンプルなブラウジングワンピース。

スタイルのいい澪の身体にぴったりフィットしており、どこぞのお嬢様然として見える。

それを素直に伝えると、澪は恥ずかしそうに告げてきた。

「……これ作ったの、私なんだ」

「作ったって……どこから？」

「型紙を作るところから。布の裁断なんかも入れるとかなり時間かかっちゃうから、全部やらないこともあるけど、でもこれは生地選びから自分でやったんだ。どう？」

「凄いな。正直、既製品にしか思えない」

素直にそう思う。

澪は少し嬉しそうに頬を緩ませるも、すぐに小さく首を振った。

「ありがと。でも、本当にまだまだ、なんだ。でもいつか、服飾のデザイナーになりたくて」

「それで家を出た、と？」

「うん。家で服飾の勉強してるのがパパに知られたら、あらゆる手を使ってでも、デザイナーへの道を潰してくるだろうから」

確かに、奥和田グループの会長ともなれば、人脈も権力も半端《はんぱ》ではない。

それくらいのこと、食後のコーヒーのついでくらい、簡単にやってのけるだろう。

「前に話したことも、嘘じゃないんだけどね。でも、家にいたら、私はいつまでもパパのお人形のままだから。ま、親の脛《すね》を齧《かじ》ってる時点で、なに言ってるんだって話かもだけど」

「いや、そんなことないだろ」

その決断は、小さいが、とても大きな一歩だろう。

普通よりも柵《しがらみ》が多い家に生まれた澪が、それらを断ち切るために踏み出した、最初の一歩。

「なんにでも、最初の一歩っていうものがある。そして、どんな時も、その最初の一歩が一番大変なんだ。どんな形であれ、その一歩を踏み出した人のことを笑えるはずがない」

「征斗……」

驚いたように双眸《そうぼう》を見開いた澪だったが、すぐに半眼になると、

「……で、それはなんてヒーローのセリフ？」

「参拝戦隊オガムンジャーが、悪の法師軍団『タタール』との最終決戦の時に、それまで真の力を発揮できなかった仲間に告げた、感動の場面の名セリフだ」

「だと思った」

もう、と頬を膨らませてから、澪はふっと表情を緩めると、

「このことを話したのは、家族以外だと亜里沙と征斗だけ。おかしいよね？　ちょっと前まで、私、征斗のこと大嫌いなヤツって思ってたのに」

くすくすと、澪が笑みをこぼす。

そして、すぐに口元を結んで、視線を自分の影に落とした。

「……でも、もしかしたら、この一人暮らしも、もうすぐ終わっちゃうかもしれないわ」

「諦《あきら》めるのか？」

「それは……」

意地悪な質問だったかもしれない。

澪だって、諦めたくないに決まっている。それでも、環境がそれを許さない。

そして、その制限は、すぐ側《そば》にまで迫っていた。

「――――澪！」

「っ!?」

大きな男の声がして、澪が反射的に身をすぼませる。

視線を向けた先、モールの奥から、スーツ姿の中年男性が、ずかずかと大股《おおまた》で歩み寄ってきていた。

「パパ……！」

「こんな所にいたのか。全く、なにを考えているんだ、お前は」

苛立《いらだ》ちを隠しもせず、男は吐き捨てるように言う。

「習い事を勝手に辞めただけじゃなく、家を出ただと？　そんなこと、誰が許した？」

「ママは許してくれたわっ」

「私は許してないだろうが！」

「っ」

大きな声で威嚇《いかく》するように叫び、澪が身をすぼませる。

まるで、恫喝《どうかつ》しているかのようだ。少なくとも、父と娘の会話には思えない。

「帰るぞ。こんなところで、無駄にしていい時間などお前にはないんだ」

「む、無駄になんかしてないっ！　私は、私のやりたいことを――」

「うるさい！　お前がどう思おうが、そんなことは関係ない！」

娘の言葉など歯牙にもかけず、澪の父親はばっさりと切って捨てる。

「わかっているのか？　奥和田グループを次に統括するのは、お前なんだぞ」

「だから、私はそんなこと――」

「できない、で済むと思うなよ？」

苛立たし気に娘相手に凄むと、澪の父親は高そうな革靴を鳴らし、澪の顔を覗き込むようにして一方的に告げた。

「全世界に三十万人の従業員がいる。彼らの将来は、お前の双肩にかかっていると言っても過言ではないのだ」

「私よりも優秀で、私よりもその椅子が欲しくて仕方がない人は、角砂糖に群がる蟻《あり》みたいにたくさんいるじゃない！」

「ふん、他の奴らなどに任せられるか」

嘲笑《ちょうしょう》混じりに鼻を鳴らすと、澪の父親は踵《きびす》を返した。

「いいから行くぞ。あんな低俗な学校に通っているだけでも恥ずかしいというのに。これ以上、私に恥をかかせるな」

「…………っ」

「澪！」

叫び声がより鋭くなる。

他者に命令することに慣れた人間特有のそれだった。そして、その手の人間は、どうやれば相手が言うことを聞くか、よく心得ている。

「いいから車に乗れ！　早く行くぞ！」

強引にことを進めるため、澪の手を引いてそのまま車へ向かおうとした。

「――ちょっと、よろしいでしょうか」

黙って聞いていた征斗が口を開いたのは、ちょうど、そんなタイミングでだった。

それまで路傍の石程度の認識しか持っていなかった澪の父親が、初めて征斗を一瞥してくる。

「なんだ、貴様？」

「いえ。失礼ですが、奥和田グループの奥和田善一《ぜんいち》会長ですね」

「それがどうした」

すっと、間にSPらしき大男が割って入ってくる。

征斗はそちらに視線を切ることなく、はっきりと澪の父親にとあるキーワードを投げかけた。

「ブラックノートという、国際詐欺グループをご存じですよね？」

「…………⁉」

明らかに、澪の父親から動揺が見て取れた。

そして、その目の色が変化する。澪の父親の中で、道端《みちばた》の小石から、隣の家のうるさい犬くらいにランクアップしたのだろう。

凄みを利《き》かせた目を向け、低い声で言ってくる。

「貴様……どこでその名を知った？」

「ええ、まあ、ちょっと。それはいいとしまして」

適当に誤魔化《ごまか》しつつ、征斗はとても重要で、かつ、唐突な話をさらりと告げた。

「今から五分後、そのブラックノートが壊滅するそうです」

「…………なんだと？」

澪の父親の眉尻《まゆじり》が、片方持ち上がる。

征斗は努めて冷静な口調で、静かに続けた。

「ですから、国際詐欺グループは壊滅するんです」

世界中に根を張る、犯罪グループ。

その被害者は数えきれず、そして、個人だけではなく多くの企業も含まれている。

「その全ての活動記録と、資金口座の情報が全世界にばら撒《ま》かれるのと同時に、各地のアジトへ警察や軍が突入します」

「小僧、くだらんでまかせを――」

「でまかせ？　奥和田グループの御三家である、奥和田重工が、ブラックノートに五百億円を騙し取られたことも、でまかせだと言うのですか？」

「っ⁉」

今度こそ、澪の父親が息を呑む。

明らかな動揺を隠しもせず、澪の父親は凄い剣幕で詰め寄ってきた。

「何故《なぜ》、それを知っている……⁉　役員でも限られた者しか知らないことだぞ⁉」

「対応するなら、早い方がいいですよ」

答えは返さずに、征斗は会長が取るべき対応について、その理想を口にする。

「全額残っているとは考えにくいですし、取り戻したいと思う人はたくさんいるでしょうから」

「く……っ、いや、そんなことが起こるはずが」

そんなタイミングで、澪の父親の胸元から電子音がけたたましく鳴り響く。

昔ながらの折り畳み式携帯を取り出すと、苛立たし気に耳へと当てた。

「なんだ、今忙し――――なに？　ピースメーカー？　あのハッカー集団のか？」

澪の父親の声音《こわね》が変わる。

部下からもたらされたらしきその情報に、澪の父親は慌てた様子で声を荒げた。

「本当か⁉　あの詐欺集団が一斉摘発……？　すぐに動け！　あらゆるツテを総動員して、できるだけ資金を回収するんだ！」

いくつかの指示を投げてから、澪の父親は通話を終える。

その頃《ころ》には、征斗の立場は、うるさい犬から、無視すると大変なことになる大型台風くらいまでランクアップしていた。

じろりと観察するような視線を向けながら、澪の父親がようやく対話する気配を見せてくる。

「……小僧、お前、何者だ？」

「ただの学生ですよ」

「そんなこと、信じられるか」

吐き捨てるように告げてから、得体の知れないものでも眺めるかのような目を向けてきた。

「貴様のような怪しい奴と娘を一緒にしておけるか。澪、行くぞ」

「だから、私は――――って、あ、あれ？」

突然、澪のスマートフォンが着信を告げる。

反射的に通話をオンにした澪は、それを耳に当てた。

「はい、澪です……え、あ、うん。そうだけど、どうしてそれを――うん、わかんないけど、わかった。ちょっと待って」

そして、それをすぐさま自身の父親に差し出す。

「……パパ、電話」

「電話だと？　誰からだ」

「出ればわかるわよ」

これまでの二人の関係だったなら、澪の言葉は無視されていたかもしれない。

しかし、一連のおかしな出来事で軽視できないことを悟ったのか、澪の父親は眉を顰めながらもそれを耳元に添えた。

「もしもし――え？　お、お義母さん⁉」

それまでの尊大な態度から一転、怖い上司を前にした平社員のような低姿勢で、澪の父親が電話口に応答する。

「い、いえ、それは……ですが、澪は今後、奥和田グループを……ち、違います！　そんなつもりでは――」

ぶわりと脂汗が額に浮かび、わずかながらに手が震え、澪の父親が懸命な言い訳を続ける。

「はい……え？　この小僧が……？　そ、そんな⁉　なにをお考えなのですか⁉」

声に悲痛なものすら混ざってくる。

交渉の余地すら残っていないようで、男は萎縮《いしゅく》し切った様子で話を締めくくった。

「……わかりました。今日のところは、仰《おっしゃ》る通りにいたします。はい……はい、それでは」

通話を終え、押しつけるように澪へとスマートフォンを返すと、

「くそ……なにがどうなっている……!?」

澪の父親が、苛立ちをぶつけるように頭を掻《か》き毟《むし》る。

「だが、お義母さんがなんと言おうとも、お前をこんな得体の知れない男と一緒に置くわけには――」

「征斗は、得体の知れない人なんかじゃないわ!」

父の言葉を受け、澪が大きな声でそれを否定する。

通りゆく人たちが何事かと注目してくる中、澪はぎゅっと手を握り締め、父親に言い返した。

「なにも知らないクセに! 征斗はすっごく頼りになって、私の話も笑わずに聞いてくれて、誰よりも一緒にいたいって思える人なんだから!」

「ふざけるなっ。それに、家族でもない人間と同じ場所に住むなんてこと、許すはずがないだろうがっ」

「なら、家族ならいいのね?」

澪はなにを思ったのか、やや強引に征斗の腕を取ると、それを豊満な胸元に抱き締める。

そして、天下の往来で、唐突にこんなことを宣言してきた。

「じゃあ、私は征斗と結婚して、家族になるわっ！」

「な……っ⁉」

「…………は？」

澪の父親と、征斗の間抜けな声が重なる。

時間が止まったかのように静止した二人と対照的に、澪は捲《まく》し立てるように宣言してきた。

「お婆様にもちゃんと許可を取るからっ。それなら、あそこに住んでも問題ないんでしょ⁉」

「な、なにを言っている……⁉　そんなこと、いいはずが……っ⁉」

タイミングがいいのか悪いのか、再び澪の父親の携帯が鳴き声を上げる。

その画面と目の前の娘を見比べ、澪の父親は悔しそうに奥歯を噛《か》みしめると、

「ブラックノートへの対応もあるから、今日のところは見逃してやる。だがな澪、お前の一人暮らしを許したわけではないからな……！」

そんな捨て台詞《せりふ》を残し、そのまま場を後にしてしまった。

モールの端に停めていた、黒塗りの車が去るのを見送ってから、

「……行っちゃった……」

澪がぼんやりと、そんなことを口にする。

「……私、初めてかも……パパの意見に従わなかったのって」

あの父親が相手では、確かに、我を通すのは困難だろう。

そこは立派だったと思うし、ありったけの勇気を振り絞ったに違いない。

しかし、問題はその内容で。

「……で、俺はいつまでこのままでいればいいんだ？」

「え……？」

自分が力強く征斗の腕を抱き締めているのに気づき、澪は真っ赤になって離れる。

「ご、ごご、ごめんなさい⁉　って、ち、違うんだからね⁉　結婚っていうのは、その、あの……！」

「わかってるよ。親父さんを追い払うための方便だったんだろ？」

害虫避《よ》けの案山子《かかし》みたいなものだろう。効果は絶大だったようだし、別に本気にしていない。

しかし、当人の意識は違ったようで、

「……なにもわかってない」

「？　なにがだよ？」

「ふんだ。知らないっ。自分で考えなさい」

何故か不機嫌になった澪をよそに、征斗は背中でこっそり操作していたスマートフォンをポケットに滑らせながら言う。

「とりあえず、スマホの位置情報機能を切っておくといい」

「？　位置情報？　なんでよ？」

「親父さんがどうやってここへ来たのか、考えてみろ」

アパートならともかく、人の多いモールへ偶然やって来るなんてことはあり得ない。

「……もしかして、これが原因？」

「そのスマホ、親父さんに貰《もら》ったんじゃないか？」

「そうよ。中学の時の誕生日に貰ったんだけど……まさか」

澪の手の中にあるのは、少し型の古い、どこにでも売っているスマートフォンだ。

広く普及しているOSが搭載されているということは、その分、不正なアプリがいくらでも転がっている、ということでもある。

「位置情報を取得できるようにしてたんだろう。誰かを管理することに慣れ過ぎていると、それを家族にも強要したくなるのかもな」

する方はいいかもしれないが、された方はいい迷惑どころの話ではない。

「征斗」

澪はスマートフォンを弄ってから、征斗に向き直ってきた。

「……その、ありがと。よくわかんないけど、征斗がなにかしてくれたんでしょ？」

「俺はなにもしていない」

「嘘つき」

断言してくると、澪は背筋を伸ばしたまま、スマートフォンを手の中で遊ばせながら続けた。

「詐欺の話はよくわからなかったけど、お婆様に連絡をしてくれたのは、征斗なのよね？」

「どうしてそう思う」

「だって、そうじゃないと、こんなタイミングよく、お婆様から電話がかかってくるはずないもの」

さすがに、あからさま過ぎたかもしれない。

澪が父親と話をしている間、こっそりメールを送っていたのだ。

「奥和田グループの会長に言うことを聞かせることができる人間がいるとすれば、一人しかいない。奥和田グループの前会長にて、名誉会長である奥和田湯江《ゆえ》だけだ」

そして、幸か不幸か、征斗はその人物をよく知っている。

「となれば、その人に頼るしかないだろ」

「理屈ではそうだけどさ。でも、お婆様に無条件でお願いを聞いてもらえる人なんて、私が知る限り、家族を含めても、征斗しかいないわよ」

確かに、あの偏屈な婆さんが他人の言うことをほいほい聞くとは思えない。

そのことは、家族である澪もよく知っているようで、

「征斗は、一体、何者なの……？」

「ただの学生だよ」

そう。

目立たない場所にある喫茶店で、アルバイトをしている、ごくごく普通の高校生。

その正体がハッカー集団のリーダーであることなど、誰にも知られてはいけないのだ。

「俺は買い出ししたらそのまま戻るけど、どうする？」

「ん……まあ、それじゃ」

にっこりと笑みを浮かべた澪は、実に楽しそうな表情でこう告げた。

「買い物したら、紅茶をご馳走になりに行くわ。ケーキ、サービスしてよね？」


「上手くいったみたいですね」

「ああ」

店に戻った征斗は、食器を片付けながら、カウンターの奥でサイフォンを弄っていた皐月に小声で問いかけた。

皐月は視線をサイフォンに固定したまま、端的に状況を述べてくる。

「ブラックノートの情報を世界中の金融機関、それに、警察や軍へばら撒いておいたよ。今頃《いまごろ》、強制執行が始まっているだろうね」

こういう組織は、拠点を同時に潰さないと効果がない。

一カ所だけ潰してしまうと、残りは警戒して、地下に潜ってしまうからだ。

皐月はコーヒーの抽出具合を確かめつつ、小さな笑みを浮かべる。

「さっき、湯江さんから連絡があったよ。珍しく、征斗が頼みごとをしてきたって、喜んでいたね」

「むしろ、婆さんには頼りっぱなしです」

偏屈ではあるものの、未《いま》だに絶大な力を持っている。

そして、その力は、ピースメーカーにとってなくてはならないものだった。

「ピースメーカーが営利団体ではない以上、スポンサーはどうしても必要ですから」

「ああ。もっとも、奥和田グループの前会長がピースメーカーの一員だとは、誰も思わないだろうけどね」

なにも、ハッカーだけがピースメーカーの構成員ではない。

様々な能力や権力を持った人物が、征斗たちの活動を支えてくれていた。

彼、または、彼女らは全員、正義の旗の下に集まっている。

「久世くん、ダージリンをお願いできる？」

「ああ」

カウンター越しに、亜里沙がオーダーを通してくる。

征斗がティーポットを用意している横で、亜里沙がケーキをショーケースから取り出しながら話しかけてきた。

「まさか久世くんが、澪ちゃんとも仲良しだったなんて、知らなかったよ」

「まあ、いろいろあって」

詳細を語る気にはなれず、言葉を濁しつつ答える。

亜里沙は妙に嬉しそうな顔で微笑むと、

「澪ちゃんとは、小学校の時から一緒だったんだけどね。澪ちゃん、ちょっと前まで、家のゴタゴタで大変そうで。でも最近、なんだかとっても楽しそうなんだ」

「そうなのか?」

「うん。どうしてかなって思ってたんだけど、久世くんのおかげだったんだね」

亜里沙は慣れた手つきでケーキを皿に載せ、その上からシロップを手早く振りかけた。

「澪ちゃんは、昔からお家が厳しくて。でも、澪ちゃんは自分のやりたいことがはっきりしてたから、その意志を貫くために、ちゃんと行動できる凄い子なんだ」

「仲いいみたいだな」

「もちろん。一番の親友だから」

どこか自慢げに、亜里沙が胸を張る。

「だから、ちょっとジェラシーかな? いつの間にか、久世くんが澪ちゃんと仲良くなってて。まあ、澪ちゃん可愛いもんね?」

「いや、そんなことは……!?」

慌てたこちらを亜里沙はちらりと横目で窺《うかが》いながら、くすりと笑みをこぼした。

「ふふっ、うそうそ、冗談だよ。久世くんはそういうの、あんまり興味なさそうだし」

「興味ないと言うよりは――」

もう好きな人がいるから、とはさすがに言えず、咄嗟《とっさ》に別の答えを返した。

「……いや、興味ないのかもな」

「うん。でも、久世くんのそういうところ、いいと思うな。男の子はやっぱり、誠実なのが一番だよ、うん」

何故か楽しそうに、亜里沙が頷いている。

からかわれているのかもしれないが、不思議と、嫌な感じはしなかった。

むしろ、ちょっといい雰囲気になっている感じが、とても心地よく感じる。恋は病と言うが、確かにある意味、病気みたいなものなのかもしれない。

「あ、そうだ。久世くん、ちょっと口開けて?」

「は?」

「いいから、いいから」

悪戯っぽく上目遣いで言ってきた亜里沙が、ずいっと身を寄せてくる。

「はい、あーん」

「あ、あーん……」

半端に開けた口へ、亜里沙はなにかを放り込んできた。

反射的に咀嚼《そしゃく》した征斗へ、亜里沙は不安げな眼差しを向けてくる。

「どう、かな?」

「……甘い」

「美味しくない?」

「いや、サクサクしてて美味しいけど……クッキーか、これ?」

「そうなの」

弾んだ声を上げた亜里沙は、うきうきした様子を隠そうともせず、にっこりと笑みを向けてきた。

「最近、ようやく皐月さんから厨房の手伝いするのを許してもらえたんだ。それで、余った材料で作ってみたんだけど」

「じゃあ、美月の手作りか?」

「うん。久世くんは、わたしのお客様第一号だね」

何故だろうか。微笑む亜里沙が、女神に思えてくる。

「ど、どうしたの? どうして泣いてるの? 美味しくなかった?」

「……いや、なんでもない。クッキー、まだあるか?」

「うん、あるけど……」

「もしよかったら、いくつか貰ってもいいか？　家で食べる用に」

亜里沙は嬉しそうに頷くと、自分で持ってきたらしいラッピング用の袋にクッキーを入れてくれた。

「じゃあ、はい、これ。いくつか味があるから、よかったら、今度感想聞かせてね？」

「ああ」

それを宝石の入った袋のように受け取ると、胸に温かいものが広がっていく。

無意味に感動していたところで、厨房からひょっこり顔を覗かせた皐月が声をかけてきた。

「亜里沙、ちょっといいかい？　シュークリームの仕上げを手伝ってほしいんだけど」

「あ、はい、すぐ行きます」

ぱたぱたと、小走りに亜里沙が厨房へ戻る。

いそいそとクッキーの入った袋を鞄に仕舞っていたところで、

「じー」

事件を見た家政婦のような目で、香乃がこちらを窺っていることに気づいた。

「……なんだよ」

「征斗先輩と亜里沙先輩は、どういう関係なんです？」

なにやら少し不機嫌な様子で、香乃が唇を尖《とが》らせている。

征斗は努めて冷静に振る舞うと、

「ただのクラスメイトで、バイト仲間ってだけだ」

「そのわりには、とても仲良しさんに見えましたっ」

「同じバイトを一年もやってれば、それなりに話すようにはなるさ。そんなことより」

征斗は用意した紅茶とケーキをトレイに載せると、それを香乃に押しつけた。

「ほれ、これ持ってけ。三番テーブルさんだ」

「あ、はい。三番ですね？」

そのまま、香乃は素直にお客のところへ運んでいく。

戻ってきてから余計な追及を受けないよう、征斗は同時に用意していた紅茶を手に、窓際の席でスマートフォンを弄っていた澪のところへそれを届けた。

「お待たせしました」

「ん、ありがと」

少し前に再来店したばかりの澪の前に、紅茶を置く。

澪は紅茶の香りを愉しみながら、すっと、テーブルにスマートフォンを置いて見せてきた。

「征斗がさっき言っていたのって、これだったのね」

画面には、とあるニュースサイトの速報記事が表示されている。

『国際詐欺グループの一斉摘発、天才ハッカー集団ピースメーカーによる情報提供か』

そんなタイトルをつけた記事には、事実とでたらめな推測が混在した内容が記されていた。

澪はスマートフォンを指ですいすいスクロールさせながら、感心した様子で続けた。

「ピースメーカーっていうハッカー集団のことは知ってたけど。なんか、最近あちこちで活躍してるんでしょ？」

「みたいだな」

なるべく余計な反応をしないよう、抑揚なく答える。

別段、特別な意図はないかもしれない。しかし、こちらの反応を窺っている可能性だって、ゼロではない。

「凄いわよね。リーダーは日本人って噂《うわさ》もあるみたい」

「そうなのか？」

とぼけてみるも、その噂があることは知っている。

もちろん、征斗であることは知られていないが、そこに至る理由は実に単純なものだった。

「初期の活動が、よく日本で行われていた、って記録があるんだって。誘拐事件の犯人の場所を特定したり、政治家の汚職をいくつも暴《あば》いたりって。ウクライナの武力衝突を止めた件で一躍有名になったけど、それよりも前から活動はしていたみたいだし」

澪の言っていることは、全て当たっている。

征斗はお冷を継ぎ足しながら、知らないフリをして聞いてみた。

「よく知ってるな。調べたのか？」

「世界情勢については、いろいろな情報に触れるようにって、専属の家庭教師までつけられてたのよ。その、将来、グループを継ぐのに必要だからって」

嘆息しながら、澪がそんなことを言う。

「けど、この人たち、どうしてこんなことしてるのかしら？　特に、これで利益を得ている様子もないのに」

それは、あちこちで上がっている疑問でもある。

実はどこかの組織と繋がっているのだ、とか、単なる愉快犯だ、とか、様々な噂と推測が飛び交っている。

しかし、そのほとんどが的外れなものだ。

「正義のヒーローにでも、なりたかったんじゃないか」

「正義のヒーロー？」

澪が不思議そうに小首を傾げる。

みんな、物事を難しく考え過ぎなのだ。そこにある理由は、とてもシンプルで、凄く純粋なものなのだから。

「世の中では、大小様々な事件が起こっている。その事件を当たり前のように解決して人々を助ける。そんな正義のヒーローがいても、たまにはいいと思わないか？」

「正義の……ヒーロー……」

口の中で、その言葉を噛みしめるようにつぶやく。

澪は紅茶のカップを両手で包むようにしながら、そっと、笑いかけてきた。

「いいわね。確かに、世界中の人を助けてくれるなんて、そんなヒーローがいても」

「だろ？」

「でもね」

紅茶のカップの縁を指でなぞると、澪はそっと目を細めた。

「みんなを守るヒーローも確かに格好いいし、いたらいいなって思うけど」

急に大人びたかのような表情で、澪は悪戯っぽい視線を向けてきた。

「女の子は、自分だけを守ってくれるヒーローに、恋をするものなんだからね？」

その笑顔は、なによりも透き通っている、宝石のような輝きを秘めていた。

思わず見惚《みほ》れてしまった自分に、驚きを覚えるほどに。


いろいろあった一日だったが、終わってみれば、なんてことのない日常の中の一コマでしかない。

太陽は昇れば必ず沈み、月が夜を引っ張ってやって来る。

店内から最後の客が出ていったところで、皐月が今日の営業終了を宣言した。

「お疲れさまでしたっ」

「ああ、お疲れさま」

看板を片付け、クローズの札を掲げる。

征斗が店内へ戻ると、アルバイト初日から最後まで働き通した香乃へ、皐月が問いかけていた。

「どうだったかな？　一日働いてみた感想は？」

「はい、疲れましたけど、とても楽しかったですっ」

「それはよかった」

サイフォンを片付けながら、皐月が微笑む。

シフトの関係で、亜里沙は先に帰っていた。店内に残っているのは、皐月と香乃、征斗の三人だけだ。

「さて、今日はもう閉店するから、香乃も着替えてくるといい」

「はい、わかりました」

慣れない仕事でさすがに疲れたらしく、香乃はほっとした様子でバックヤードに引っ込んだ。

それを目で追っていた征斗へ、皐月が悪戯っぽい視線を送ってくる。

「随分とお疲れのようだね、征斗」

「……そりゃそうですよ」

恨みがましく皐月を見やると、征斗は体内にある疲れを吐き出すように息をつく。

「今日は美月が厨房メインだったからよかったものの、香乃がなにを言い出すかと、冷や汗が止まらなかったですよ……」

「モテる男は辛いものだね」

皐月は愉快そうに肩を震わせる。

そのまま流れるようにつけていたエプロンを外すと、皐月がカウンターの椅子に腰かけながら聞いてきた。

「で、良い知らせが一つと、悪い知らせが一つある。どちらから聞きたい？」

「良い方からで」

どうせ悪い方は話が長くなるのだ。

ならば、短い話を先に聞いておいた方がいい。

「例の国際詐欺グループ――ブラックノートの件だが、順調に拠点の制圧が完了しているようだよ。連中の八割の拠点を制圧し、九割以上の資産の凍結を完了したそうだ」

「そうでしたか。よかったです」

「おや、随分と淡白な反応だね」

「いえ、そんなことはありませんが」

疲れているというのもあるが、もう一つ、シンプルな理由がある。

「我々の役割は、悪事を暴くところまでですから。そこから先は、警察の仕事です」

「確かに、そうだったね」

ピースメーカーは司法機関ではないし、その力もない。

だからこそ自由に動ける部分もあるし、その領域に手を出さないからこその正義だとも思っている。

「で、悪い方なんだが。これを見てほしい」

言いながら、皐月は愛機のノートPCの画面をこちらに向けてきた。

そこには、とある有名なSNSの画面が映し出されていて。

「これは……?」

「今日の事件で、ネット上はピースメーカーの話題でもちきりなんだけれど、覚えているかい？　この間のSNSのアカウント」

「この間って、あの黒猫って名前の?」

「ああ」

そのSNSは、世界的に有名な短い情報を気軽に投稿する用途に特化したものだ。

日本でも利用者が多いサービスだが、黒猫がしている投稿の中に、こんな一文が混ざっているのを皐月が見せてくる。

「ピースメーカーのリーダーについて……？」

「ああ」

皐月は頷いて、その詳細情報を表示させる。

「ピースメーカーのリーダーがどこにいるのか、このアカウントの主《あるじ》は検証しているんだよ。もちろん、この手の投稿は星の数ほどあるんだが、これを見てほしい」

画面をスクロールさせた先に、皐月の言う気になる情報が記載されていた。

「これは……この近くの駅の情報……」

「そうなんだよ」

唐突に挙げられている駅の名前が、ここから一番近い駅の名前であることが、どういう意味を持つのか。

「ただの偶然かもしれないけれどね。実際、この投稿への反応はなにもない。けどね、これだけなら、まだよかったのだけれど」

さらに画面をスクロールさせると、ある投稿の内容を見せてきた。

「問題なのは、この写真だよ」

そこには、一枚の写真が投稿されていた。

解像度が高くないのは、撮った写真を拡大しているためだろう。

そして、そこに写っている内容を見て、征斗は息を呑んだ。

「っ、これは……⁉」

「ああ」

拡大されているし、ごく一部しか写っていないが、間違いない。

「この店の写真だ。顔は切れているし、肩から腰の辺りまでしかないけれどが、写っているのは征斗、キミだろう？」

そう。

写真に写っているのは、店の制服姿の征斗だった。

しかも、それだけではない。

「この写真、見たことがあります」

「本当かい？」

目を丸くした皐月に、征斗は内心で焦《あせ》りを覚えつつ、保有者の名前を告げる。

「持っているのは三人。澪と、瑠璃、それから、香乃です」

「それはまた、随分とタイムリーだね」

先ほど盗み見た、あの三人のメッセージアプリの内容を思い出す。

これは、香乃が撮った写真であり、あのメッセージアプリの中で共有されていたものだ。

少なくとも、あの三人はこの写真を持っていることは間違いない。

「他に持っている者がいる可能性は？」

「彼女たちのスマホがハックされて吸い出された、という可能性もありますが」

　──あなたのことを、好きになってしまいました。

　黒猫が残したメッセージが、香乃たちの言葉と重なる。

　その一致が偶然と思えるかどうか、だろう。皐月もそのことに思い至ったらしく、

「この短時間に、となると、厳しい気もするね。どうする？　こちらもハックしてみれば、なにかわかるかもしれないけれど」

「いえ、本当に我々を探っている相手だとしたら、無駄でしょう。罠《わな》を張っている可能性もありますし」

　これが撒《ま》き餌《え》である可能性は、決して低くない。

　罠とわかっていながら飛び込むのは、最後の手段にした方がいい。

「となると、さて、どう調べたものかな」

　珍しく困ったように、皐月が口元へ手を添える。

　ネットワークの海の中で、ピースメーカーはほぼ無敵な存在だ。

　しかし、リアルでその存在が知られてしまえば、それは致命的な弱点となり得る。

　やっていること自体は法に触れることばかりであるため、警察が動けばそれで終わってしまうのだ。

　二人で眉根を寄せていると、バックヤードから香乃がひょっこり戻ってくる。

「着替え、終わりました」

「ああ、お疲れさま」

皐月はすぐにいつもの余裕めいた表情に戻ると、ふと思い出したような素振《そぶ》りで、こんなことを言ってくる。

「そうだ、二人とも。ちょっといいかな」

「はい、なんでしょう？」

私服に着替えた香乃へ、皐月はカウンターの棚から取り出した長方形の紙を一枚差し出した。

「これ、貰ってくれないかい？　業者からの貰い物なんだけれど、私は行っている暇がなくてね」

反射的に受け取った香乃が、そのカラフルな紙を見て驚愕《きょうがく》する。

「これって、まさか、ＴＭＬ《東京マジカルランド》のワンデーパスですか⁉」

「ＴＭＬ？」

なんだそれは、と問いかけた征斗を、信じられないものを見るような目で香乃が見やってきた。

「先輩、もしかしてＴＭＬをご存じないのです？　この近くにあるテーマパークで、まだ比較的新しいのですが、恋人向けのアトラクションが多く、意中の人と行くとカップルになれるって有名なんですよ」

「普通、逆じゃないか？」

初デートで遊園地に行くと別れる、というジンクスは聞いたことがある。

遊園地はアトラクションの待ち時間が長いので、その間の会話に困り、気まずくなってしまう、という理屈だ。

「ここ、最近値上げして、普通に行くととっても高いんです。いいんですか、本当に？」

「ああ。実は、人ごみが苦手でね。こういう場所は得意じゃないんだ」

それは嘘ではない。

どちらかというと人間嫌いな皐月は、人前に出ることすら億劫《おっくう》がるタイプの人間だ。

皐月はもう一枚の紙を取り出すと、カウンターの上に載せる。

「ちょうど二枚ある。せっかくだから、二人で行ってくるのはどうだい？」

「わ、それはとても素敵ですっ」

手を合わせ、双眸をきらきらさせながら香乃が言う。

「いや、ちょっと待――」

「――香乃が黒猫かどうか確かめる、絶好の機会じゃないか」

そっと身を寄せてきた皐月が、その陰謀について口にしてくる。

「一日中一緒に過ごしてみて、その時の征斗の情報が例のアカウントで投稿されたとしたら、香乃が黒猫、もしくは、黒猫になんらかの形で関係している、ということになるだろう」

「……それは、まあ、確かに」

「なら、決まりだ。ほら、こういうのは男から誘うものだよ」

とん、と征斗の背中を押してくる。

その前には、期待で胸を膨らませた香乃が、きらきらした眼差しを向けてきていた。

「わくわく、わくわく」

「あー、こほん」

わざとらしく咳払《せきばら》いをしてから、征斗はやけくそ混じりに告げた。

「もし、暇だったら、本当に心の底から暇だったら……明日、一緒に行くか？」

「はい、もちろんですっ！」

香乃は本当に嬉しそうな笑顔を浮かべると、何度も頷いてきた。

「たとえ明日、突然氷河期がきて人類が滅亡しても、絶対、一緒に行きますっ！」

「多分、その時はＴＭＬもやってないと思うが……」

この無邪気な笑顔からは、香乃が悪人であるようには到底見えない。

しかし、人間にはいろいろな顔があるものだと自分に言い聞かせた。

「なら、行くか」

「はい、征斗先輩！」

心の底から嬉しそうに頷く香乃の笑顔が、何故だか、心に焼きついて離れなかった。

※　※　※

引っ越しの荷物が少ないとはいえ、一応、女の子だ。

お洋服は多少なりとも持っているし、靴だってさすがに一足というわけでもない。

とはいえ、それがデートでも活用できるかといえば、必ずしも肯定できるラインナップではなかった。

「ど、どうすればいいんでしょう……？　よく考えたら、着ていく服がありませんでした……っ！」

クローゼット――と名付けた押し入れ――をひっくり返し、全ての洋服を床にぶちまけた香乃は、眼前の絶望に頭を抱えていた。

普段使いのお洋服はある。

そうでなくとも、だいたいのシーンは制服でなんとかなるので、それほど私服に気を遣ったことはなかったし、それで困ったこともなかった。

そう、今日この日が訪れるまでは。

「今からお洋服を買いに行く時間はありませんし、それに、征斗先輩の好みもリサーチできていませんし……っ」

新しい自室の床で、香乃が頭を悩ませる。

選手層も薄く、クリンナップもいないお洋服たちを見て、香乃はただただひたすらに頭を抱えるしかなかった。

「征斗先輩は、可愛い系と綺麗系、どちらがお好きなのでしょう……？　ワンピースは楽し過ぎって思われるでしょうか……？」

「……そんなこと聞かれても、知らないわよ」

声を返してきたのは、部屋の隅で退屈そうに香乃のファッションショーを眺めていた澪だった。

「泣きながら電話してきたから、何事かと思ったじゃない⁉」

「す、すみません……どうしたらいいかわからなくって……」

「わたしも驚いた。それに、デートなんてしたことないから、わたしを呼ばれても困る」

同じく呼び出された澪が、正座したまま、無表情で香乃を眺めている。

二人が困っているのはもちろん理解しているが、しかし、香乃だってそれ以上に困っているのだ。

「それと、そんな格好していたら風邪をひく」

瑠璃の言葉を受け、香乃は自分の格好を見下ろす。

試着を繰り返していた香乃は、先ほどからずっと、ブラとパンツだけの下着姿で右往左往していた。

「その、いろいろお洋服を着てたら、どれ着ればいいかわからなくなってしまって……」

「そもそも、どうして征斗とデートすることになってるの？　わたしは聞いてない」

「そうよ。ちょっと詳しく、そこんところの経緯を聞かせてもらおうかしら？」

「実は、先ほど店長さんにこれもらったんです」

香乃は鞄から、皐月にもらったチケットを取り出す。

「それは……ＴＭＬのチケット？」

「あ、いいなー。最近できたＶＲのアトラクションが人気らしいわね」

瑠璃と澪が、まじまじとチケットを覗き込んでくる。

「征斗先輩も同じ物をもらったのですけれど、その時、一緒に行くかって、誘ってくれたんですっ」

思わず声が弾んでしまう。

あの時の嬉しさといったら、人生で一番だと言っても過言ではない。

しかし、瑠璃と澪の感想は違っていたようで、

「……それはおかしい」

「ええ。おかしいわね」

「え……？　な、なにがです？」

紺のワンピースを胸に抱えたまま首を傾げると、瑠璃が眉を顰めてこんなことを言ってくる。

「あの征斗が、もらったチケットを手に、その場で女性をデートに誘えるとは思えない」

「そ、それは確かに……」

言われてみれば、確かにその通りな気がしてきた。

少しだけ不安が訪れる中、澪は考え込むように口元へ手を当てると、

「なにか、別の目的があるとみるべきね」

「別の目的って……なんでしょう……？」

「そう、例えば」

わずかに虚空《こくう》を見上げ、澪は推測を口にしてくる。

「実はＴＭＬが死ぬほど好きで、誰でもいいから一緒に行きたかった、とか？」

「いいえ、征斗先輩は、ＴＭＬの存在自体を知りませんでしたよ？」

「……それはそれで、現代人としてどうなのよ」

超有名なテーマパークだ。おそらく、知らない人の方が圧倒的に少ない。

すると、今度は黙って聞いていた瑠璃が口を開いた。

「もしかしたら、香乃の人柄を知りたかったから、などの理由かもしれない」

「人柄？」

「ん」

小さく頷き、瑠璃はこんな仮説を立ててくる。

「男女がお付き合いする前のデートは、相手のことをよく知るためのものだと聞く」

「人柄……ですか。その、もし、この子合わないなー、とか思われちゃったら、どうなるのでしょう……？」

「それはもちろん、容赦なく振られることになる」

「そ、それは嫌ですっ⁉」

そんなことを想像するだけで、世界が終わるのと同じくらいの絶望が襲いかかってくる。

「ど、どうしたらいいのでしょう？　どうしたら、征斗先輩に振られないで済みますか……？」

「それは、わたしが知りたい」

瑠璃は腕を組むと、頭を捻《ひね》って考え込んだ。

「女性らしさをアピールする、とか」

「女性らしさ……」

「可愛さだったり、気遣いだったり。男の人がぐっとくるポイントって、あるって言う。わたしもよく知らないけど」

確かに、マンガなどで目にするが、具体的にどういうものかは、あまり理解できていない。

瑠璃自身もよくわかっていないらしく、

「とりあえず、着るものから決めるのがいい。結局、どれにするの？」

「わ、わかりません。どうすればいいんでしょう……？」

転がっている洋服を見ながら、香乃はただただ頭を抱える。

そんな時、澪がなにかに気づいて声を上げた。

「あれ……？　香乃、スマホ鳴ってるよ？」

「あ、はい。すみません」

慌てて拾い上げる。

鳴っていたのは一瞬だったようで、ロックを解除して中を見てみるも、特に通知を知らせるようなものはなにもなかった。

「…………？」

「？　どうかした？」

「あ、いえ。メールかメッセージかと思ったんですけど、なにもきてなくて」

ただの気のせいかもしれない。

香乃はスマートフォンを元に戻すと、今現在、一番大事な問題について、改めて二人に問いかけた。

「それよりも、明日のお洋服なんですが――」

第四章

ちょろくて危ない遊園地

ＫＡＮＯ＞あのあの、征斗《まさと》先輩って、お肉好きですかね？

ミオ＞は？　お肉？

ＫＡＮＯ＞今日のデート、ランチをお肉にするべきか、それとも、お魚にするべきか迷ってまして……。

ミオ＞知らないわよ、そんなこと！　っていうか、こんな朝早くに一体なんなの⁉

ＫＡＮＯ＞実はその、待ち合わせ場所に着いたんですけど、早く着き過ぎちゃって……。

ミオ＞早いどころじゃないわよ！　まだ朝の六時半よ⁉

瑠璃《るり》＞朝の鍛錬で遅くなった。お肉の話と聞いてきた。

ミオ＞誰《だれ》もそんな話してないわよ。でも、ま、高校生の男の子なら、みんなお肉好きなんじゃないかしら？

瑠璃＞うん。この間家に来た時、征斗は豚肉を美味《おい》しそうに食べていた。多分、お肉は好き。

ＫＡＮＯ＞……むむ、ちょっと、待ってください。

ミオ＞……家に、来た時？　もしかして、征斗があんたの家に上がったってこと？

瑠璃〉うん。故郷の料理の話になった時、爺《じい》やが作ったお肉料理を一緒に食べた。

ミオ〉家族公認⁉　いつの間にそんな抜け駆けしてたのよ⁉

KANO〉そうです、瑠璃ちゃんズルいです！

瑠璃〉別にズルくない。デートを勝手にする香乃《かの》の方がズルい。

ミオ〉そうよ！　征斗とデートなんて、私もしたことないのに！

KANO〉えへへ、楽しみで楽しみで、実はほとんど眠れませんでした。

ミオ〉く……いいわよ。私なんか、毎日征斗の部屋でシャワー借りてるんだからね。

瑠璃〉それは知らない。羨《うらや》ましい。今度、わたしも借りる。

KANO〉あ、いいな、私もお願いしてみます！　で、お肉は牛さんですかね？　それとも、豚さんですかね？

ミオ〉だから知らないわよ⁉

瑠璃〉征斗のデザートはわたしがお勧め。とっても甘くて美味しいよ？

※　※　※

そのテーマパークは、電車で三十分ほど揺られた先のベイエリアに存在する。

東京ドームで換算するのがナンセンスなくらいの広さに、それだけあれば半月は食い繋《つな》げるほどに高い入場料。通勤ラッシュが可愛《かわい》く思えてしまう人ごみに、どんな宗教施設だって真似《まね》できないほどの神秘的な空間造り。

そんなテーマパークの最寄り駅には、早朝だというのに驚くほどの人が歩いていた。

「早く着き過ぎた……」

人ごみに軽く酔いながら、征斗がスマートフォンで時間を確認する。

香乃とＴＭＬ《東京マジカルランド》へ行くことになったのはいいが、隣同士に住んでいるにも拘《かかわ》らず、

『現地で待ち合わせにしたいんですっ』

と香乃が熱弁を振るったので、こうして休日の朝から電車に揺られてやって来た。

普段はあまり乗らない路線だったこともあり、時間の配分を間違えた。予定していた待ち合わせ時間より、三十分以上早い。

「どこかで時間潰《つぶ》すかな……？」

コンビニで立ち読みするか、どこかのベンチでスマホゲームでもしようかと思っていたところで、

「――あ、征斗先輩！」

そんな嬉《うれ》しそうな声と共に、香乃が駆け寄ってきた。

息を弾ませた香乃は、征斗の前に立つと、くるりと大きな目を丸くした。

「おはようございます、征斗先輩。でも、早いですね？　まだ待ち合わせまで、三十分くらい

ありますよ？」

「いや、お前の方が早いだろ。いつからいたんだ？」

「え、ええと……」

両手の指先をつんつんしながら、香乃が視線を逃がしつつ告げてくる。

「に、二時間くらい前……？」

「二時間⁉」

今だって、そんなに遅い時間じゃない。

そんな時間に来ようと思ったら、まだ日が昇っていない時間に家を出ないと間に合わない。

「ほぼ始発じゃないか！」

「だ、だって、楽しみで楽しみで、早くに目が覚めちゃったんですよぉっ！」

壁が薄いので隣室の音はよく聞こえるのだが、確かに、今朝《けさ》は妙に静かだと思った。

それもそのはずだ。征斗が起きた頃には、もう家にいなかったのだから。

「それに、その、私、デートするの初めてなので、征斗先輩をお待たせするような粗相《そそう》をしちゃいけないって思って……」

「……デート？」

不穏な単語に、眉《まゆ》を顰《ひそ》める。

そんな征斗の反応を見て、香乃は不安げに瞳《ひとみ》を揺らすと、

「デート、じゃないのです……？」

そう言って、征斗を見上げる。

征斗からすれば、香乃が黒猫《Black Cat》かどうかを確かめるための行動だ。しかし、香乃からすれば、楽しみにしていたデートなのだろう。

同じ学校の男と女が待ち合わせて出かけることは、確かに、デート以外の何物でもない。

「……いや、確かに、これってデートだな」

「は、はいっ！」

ぱっと表情を輝かせ、香乃が大きく頷《うなず》く。

そのまま、香乃は征斗の手を引くと、

「行きましょう、征斗先輩！　もうすぐ開園ですよ！」

楽しみを抑えられない子供のように、駆け出した。

早く早く、と急《せ》かす香乃に勢い負けし、征斗も速足《はやあし》でテーマパークを目指す。

開いたばかりの大きな門を潜《くぐ》ると、そこには夢と魔法の国が広がっていた。

マスコットたちが踊り、キャストが笑顔をばら撒《ま》く。そこかしこで様々な味のポップコーンが売られ、あちこちから肉の焼けるいい香りが漂ってきた。

ジェラートやらぬいぐるみやらが飛ぶように売れ、アトラクションは常に長蛇の列。

それに比例して、家族連れやカップルたちの財布から、お札が羽を生やして飛んでいっていた。

まさにマジック。魔法の国は伊達《だて》じゃない。

「正直、なにがあるかもよく知らないんだが」

「私も、来るのは初めてなんですけれど……」

パークの空気すら楽しんでいるらしい香乃は、ショルダーバッグから小さな冊子を取り出した。

「あの、これを準備しておきました」

香乃が可愛らしく胸元《むなもと》に掲げたのは、ＴＭＬのガイドブックだ。

完全攻略の文字が躍っており、いかに効率よく回るかをサンプルルートと共に紹介している。

「昨日の今日で、よく手に入ったな」

「澪先輩にお願いしたら、実家の方？　っていう人が、持ってきてくれました」

奥和田《おくわだ》家の使用人かなにかだろう。そういえば、ここのスポンサーにも名を連ねていたような記憶がある。

「物凄《すご》い付箋《ふせん》が貼《は》ってあるぞ」

「えへへ、見てたら楽しくなっちゃいまして……」

カラフルな付箋が顔を覗《のぞ》かせており、そこに可愛らしい文字でいろいろと書き込まれている。

そのガイドブックを大切そうに抱き締めてから、香乃は征斗を覗き込んできた。

「それよりも征斗先輩、朝ごはんは食べられました？」

「いや、早かったから抜いてきた」

「それなら、ちょうどよかったです」

香乃は嬉しそうに口元を緩《ゆる》めると、

「まず、メインストリートにある屋台に行きましょう！　そこにある肉まんドッグが、すっごく美味しいらしいんですっ」

子供のようにはしゃぐ香乃。

その楽しそうな声と笑顔に背中を押され、征斗は夢の国への一歩を踏み出す。

※　※　※

夢と魔法の国へやって来るのは、なにも、カップルだけではない。

家族連れはもちろんのこと、友達同士で来ることだってあるし、遠足のバスで団体が乗りつけることだって珍しくはない。

だが、誰かの尾行のためとなると、その数は限りなくゼロに近づいてくるだろう。

「――――尾行、成功」

その極《きわ》めて稀《まれ》な訪問者としてやって来た瑠璃は、歌って踊れるネズミの耳の被《かぶ》り物《もの》をして、前方を歩く香乃と征斗を観察していた。

「そう、これは香乃のためなのよ。香乃が征斗に騙《だま》されないか、気になっただけ。決して、二人がいい雰囲気にならないか心配になったわけじゃないんだからね？」

隣を歩く澪は、大きな黄色いツキノワグマのぬいぐるみを抱えつつ、謎《なぞ》の言い訳で自分を納得させている。

「やっぱり、自分が誘われたかったの？」

「う……それは……そうだけどさ。でも、そっちだって、一緒でしょ？」

「うん、もちろん」

視線の先を楽しそうに歩く香乃を見ながら、瑠璃は露店で買ったフランクフルトをちまちまと齧《かじ》る。

「やっぱり、昨日わたしも喫茶店《きっさてん》に行っておくべきだった」

「とても素敵なお店だったわ。ケーキも美味しかったし、コーヒーも香りが高くて」

「そう」

興味深そうな声を上げ、瑠璃は小さく息をついた。

「たまに、そういうところで、なにも考えずに一日過ごしてみたくなる」

「そうね。面倒なことを全部忘れて、美味しいケーキとコーヒーに囲まれて。ついでに、その、征斗がいてくれれば最高なんだけど」

柵《しがらみ》の多い二人は、叶《かな》わないとわかっていながらも、そんな夢を見てしまう。

「それよりもさ、征斗と香乃、どれくらい進んでいると思う？」

「わからない。けど」

瑠璃は広大な敷地の中を移動する二人を指差すと、

「あの二人、並んで歩いているけど、手を繋いでいない。日本では、恋人は手を繋いで歩くものだと聞く」

「あ、本当だ」

微妙な距離感を保ちながら移動する二人を見て、澪が胸を撫《な》で下ろす。

「少なくとも、お付き合いはしていない」

「そうね。でも、今はまだ、なのよね」

「うん」

瑠璃は頭の上の被り物を直しながら、視線を周囲に振り向ける。

広場では、大道芸人がカラフルなボールをジャグリングしていた。たまに失敗してみせては、コミカルな動きで笑いを取っている。瑠璃はボールを倍に増やした大道芸人を一瞥《いちべつ》すると、

「だから今日は、注意深く、征斗たちを観察する必要がある」

「そうね。ま、まあ、あくまで香乃が心配なだけだけどね？　あの子、子供がどうとか、

ちょっと意味わからないこと言うし。そこのところ、勘違いしないでよね？」

澪はよくわからない言い訳をしてくる。

しかし、他人がどういう考えだろうと、瑠璃がするべきことはなにも変わらなかった。

「わたしは、征斗が好き。だからこそ、これだけは、絶対負けない」

「……私だって、これだけは、その、負けないんだから」

大道芸が終わったのか、大きな拍手が響き渡った。

写真撮影に応じ始めた大道芸人を横目に、澪は大きなぬいぐるみを抱え直すと、

「ところでさ——」

人で溢《あふ》れているパーク内を、困ったように見回した。

「征斗たち、どこへ行ったのかしら……？」

※　※　※

パーク内を走る電車に乗り込んだところで、征斗はふと、背後を振り返った。

「…………」

ちょうど閉まったドアの遥《はる》か向こう側に、西洋風の大きなお城が鎮座している。

どこにこれだけの人がいたんだ、というほど人で溢れ返っているが、そこから知人の声が聞

こえたような気がしていた。

「？　どうかしたしましたか、征斗先輩？」

「いや、見た顔がいたような気がしたんだけど、気のせいだろ」

言って、少しだけスマートフォンを弄《いじ》ってから、征斗はマスコットの形をしたシートに座る。

「で、どこへ行く？」

とりあえず乗り込んだ電車だが、まだ、目的地は決まっていない。

「そうですね……あれはどうでしょう？」

香乃は迷わず、窓の外に見える、アトラクションを指し示した。

巨大な蛇がうねっているような外観は、おそらく、どの遊園地に行ってもある定番なもので。

「……ジェットコースターか。意外だな」

「これが一番楽しいって、ネットの口コミで話題だったんです」

「あんまり、ネットの情報なんて鵜呑《うの》みにするもんじゃないぞ？」

大概にして、ロクなもんじゃない。

香乃はそうなんですね、と不思議そうにしてから、恥ずかしそうに微笑《ほほえ》んだ。

「実は、その、私、遊園地ってほとんど来たことないんです」

「そうなのか？」

香乃は頷くと、はにかむような笑みを向けてきた。

「学校の遠足くらいでしょうか？　施設にあったテレビで遊園地の紹介があったら、みんな齧りつくようにしてましたから。もし行ったらあれに乗るんだ、とか、これをお腹《なか》いっぱい食べるんだ、とか」

気楽な様子で話す香乃だが、その裏には、誰にも見せていない苦労が隠されているのだろう。

「ですが、人数も多かったですし、お金がいっぱいかかりますから、行けるはずもなくて。だから、遊び方とかもよくわからないから、征斗先輩に迷惑かけてしまったら、ごめんなさい」

「気にすることない。俺《おれ》も似たようなもんだったしな」

電車に揺られながら、子供の頃のことを思い出す。

「爺さんが科学者でね。いや、あれはマッドサイエンティスト、って言った方が正確だな。研究、研究、また研究ってタイプの人だったから。それを見て育ったせいか、父親も似たようなところがあって」

「そうなのですか？　お父さんも、科学者さんだったのです？」

「ああ。数学者だったり、薬学研究者だったり。なんでもやってたな」

専門性の細分化が進む現代においては、珍しいタイプの科学者だった。

なにをやらせても小器用にこなすところがあり、そして、それが逆に頑固爺さんとの相性《あいしょう》を悪くしていた。

「親父《おやじ》は、爺さんと昔から折り合いが悪かったんだが、最後は反発するようにして日本を出ちゃってな。もう何年も前から、世界を転々としてるよ」

同類嫌悪というやつだったのだろう。

互いが互いをわかろうともせず、衝突を回避しようという努力もしなかったため、その結末は自然なものだったのかもしれない。

「俺は爺さんのところへ残ることにした。その後、親父に会ったのは、数えるほどだな」

「……そうだったんですね……」

香乃に比べれば、大したことではない。実際、征斗はそのことを気にしたこともなかった。

「だから、実は俺も、こういうところに家族で来たことないんだよ」

香乃と同じく、学校の遠足で来たことがあるくらいだ。

「じゃあ」

電車が減速する中、香乃は小さく笑みを浮かべた。

「私たち、初めて同士なんですね？」

「……かもな」

やがて電車が止まり、再び魔法の国へのドアが開く。

「行きましょう、征斗先輩！　ジェットコースター、とっても楽しみです！」

香乃は征斗の手を取ると、元気よく外に飛び出した。

人生は、ジェットコースターのようである――

そんなことを最初に誰が言ったのかは知らない。ただ、人生は数十年かけてアップダウンを繰り返すが、ジェットコースターはわずか数分の間にそれを全《すべ》てこなしてしまうのだ。

その数分の間に、酸《す》いも甘いも押し込められたら、それは吐き気も催すだろう。

そんなハードな乗り物から降りた香乃は、酔っ払いのようにふらふらとしていた。

「………ジェ、ジェットコースターって、凄い乗り物なんですね………」

「大丈夫か？」

「あう……胃がぐるぐるしてます……」

そこまで過激なジェットコースターではなかったが、途中でアクロバティックに一回転し、魚を見つけた水鳥のように急転直下して水辺に突っ込み、最後には戦闘機がごとく何度もきりもみ回転してみせた。

征斗は平気だったが、香乃には辛《つら》かったようで、

「飲み物買ってくるから、ちょっとそこのベンチで大人しくしてろ」

「す、すみません……」

ふらふらしている香乃をベンチに座らせると、征斗は少し離れた場所にある屋台へ足先を向けた。

パーク内を歩く人は、みな例外なく笑顔だ。

これまでの征斗には、縁のない場所だった。

誘う相手もいなければ、誘ってくれる人もいない。そういったものを求めてこなかったのだから当然だが、こういうのもたまには悪くないかもしれない。

そんなことを思いながら、飲み物の屋台に並んだ時、同じ列に並んだ隣の人が、唐突に話しかけてきた。

「あれ……もしかして、久世《くぜ》くん？」

「な……っ⁉」

その声を忘れるはずもない。

振り返った先にいたのは、お出かけ用の私服に身を包んだ亜里沙《ありさ》だった。

「美月《みつき》⁉　なにしてるんだ、こんなところで⁉」

「うん、昨日、皐月《さつき》さんにチケット貰《もら》ったから、妹と二人で来たんだけど……もしかして、久世くんも貰ったの？」

パークの雰囲気も手伝ってか、上目遣《うわめづか》いで覗き込んでくる亜里沙が、普段よりも二割増しで可愛く見える。

思わずどぎまぎしながら、急速に渇きを覚えた喉《のど》から声を絞り出した。

「そ……うなんだよ。ちょっと、興味あったから、来てみたんだ」

「え、一人で？」

「そう、その……一人で」

遊園地を男一人で満喫できる猛者ではないが、咄嗟《とっさ》に嘘《うそ》をついてしまう。

小首を傾《かし》げた亜里沙は、純粋な親切心からか、こんな提案をしてくれた。

「よかったら、一緒に回る？　妹は人見知りしない子だから、多分大丈夫だよ」

「本当か？」

亜里沙と一緒に遊園地——

物凄く甘美な響きだ。こんな絶好のチャンス、一も二もなく受諾するに決まっている。

——こんな特殊な状況に置かれていなかったなら、だが。

「あ、いや、ちょっと、行きたいところがあるから。すぐ帰るつもりだし」

「そうなんだ。残念だな」

亜里沙が本当に残念そうな声を出して後ろ手を組む。

「あ、妹戻ってきたから。またね、久世くん」

「ああ」

手を振りながら駆けていった亜里沙を見送った直後、征斗は物凄い勢いでスマートフォンを取り出すと、この事態を引き起こした張本人へと電話をかけた。

「皐月さん！」

『おや、どうしたんだい？　香乃とキスでもしたのかい？』

「してませんよ⁉　そうじゃなくて！」

征斗は抑えきれない衝動を言葉に変換し、電波の向こうに叩《たた》きつけた。

「どうして美月がいるんですか⁉」

『うん？　もしかして、亜里沙も今日、そっちに行っているのかい？』

のんびりした口調で、亜里沙が他人事《ひとごと》のように言ってくる。

「チケットを皐月さんから貰ったからって！」

『ああ、あげたよ。他《ほか》にも余っていたし、私は行くつもりがなかったから』

しれっと答えてきた皐月は、さすがになにが起こったかを推察したらしく、

『もしかして、デートしているところでも見られたのかな？』

「危ないところでした……いや、見られたら本当に大変なことになる……よし、帰るか」

『待て待て』

押し殺したような笑い声を上げながら、皐月が今日の目的を思い出させてくる。

『目的を忘れていないかい？　どうして香乃と一緒にそんなところに行ったのか、よくよく思い出してみるといい』

「それは……」

ただ遊びに来たわけではない。そんなことはわかっている。

葛藤を続ける征斗に、皐月は残酷な事実をさらりと突きつけてきた。

『大丈夫さ。別に亜里沙と付き合っているわけでもないし、見つかったところで、今となにも変わらないだろう？』

「ぐ……っ」

事実なので、悲しいほどになにも言い返せない。

『それなら、早く二つの目的を達成した方がリスクも小さいと思うけどね。ついでにキミも楽しむといい。若さは有限だよ？』

ではね、と、皐月は一方的に通話を切断してしまう。

「あの人は……っ！」

なにを考えているんだ、と思ったが、間違いなく、なにも考えていないのだろう。

変なところで抜けている人だし、それを自分で楽しんでいる節もある。

とにかく、亜里沙と出会わないように、ことを進めなければならない。

征斗は露店でカップの飲み物を二つ買い、香乃が休んでいるベンチに戻ると、

「紅茶とジュース、どっちがいい？」

「うう、すみません、征斗先輩……紅茶をいただけますか？」

一方のカップを受け取り、香乃が両手で包み込むようにして持つ。

「……甘くて美味しいです」

「そりゃよかった」

隣に座った征斗は、ジュースを口元に傾ける。

甘さが、少し疲れた身体《からだ》に染《し》みわたってきた。疲れは思考回路を鈍くする天敵だ。

甘い物の補充は、その天敵を退治する上でも重要である。ピースメーカーの仲間でも、ブドウ糖をそのまま齧る猛者だって少なくない。

「もう少し、休んでくか？」

「いえ、休んだら落ち着いてきました。もともと、乗り物酔いはそんなにしない方ですし」

確かに、顔色はそんなに悪くない。

征斗は飲み終わった空のカップを手にすると、

「一応、次は、少しゆっくりできるところへ行くか」

「……えへへ」

「なんだよ」

柔らかい笑みを浮かべた香乃は、なにか眩《まぶ》しいものでも見るかのように双眸《そうぼう》を細めた。

「いえ。征斗先輩が優しくて、嬉しいんです」

「………………」

えへへ、と笑う香乃。相変わらず、ちょろ過ぎる。

どこか気恥ずかしさを感じて視線を逸《そ》らした征斗は、パーク内にある看板に目を向けた。

「じゃあ、次は――」

大きなパークの地図だが、その中で、一際《ひときわ》異質な空間がある部分に目を奪われた。

「これは……っ⁉」

「？　どうしました、征斗先輩？」

心配するような香乃の声も入ってこない。それくらい、眩暈《めまい》を覚えるほどの衝撃だった。

「まさか、カレー戦隊カラインジャーのヒーローショーをやってるだと……⁉」

「……？　それは、なんでしょう……？」

「知らないのかっ⁉」

あの名作を知らないなんて、人生を丸々損しているようなものだ。

「カレー戦隊カラインジャーは、去年の秋に放送されていた戦隊ヒーローで、普通はレッドを主役に据えるところ、イエローを主人公に持ってきた挑戦作なんだ」

そう、普通ではあり得ない配役が原因で、放送前は大バッシングの嵐《あらし》だった。

しかし、始まってみるや否《いな》や、そんな前評判が嘘だったかのように、ファンが続出。

独特の世界観や子供にもわかりやすいストーリーも相まって、一大ブームを巻き起こすまでの作品になったのだ。

「ＣＭが全てカレー関連のものになり、日曜日にカレールーの売り上げが二割増えた地域もあったとされるほど、社会に影響を与えた作品なんだ！」

「そ、そうなんですね……？」

征斗の勢いに気圧《けお》され、香乃が若干引き気味に頷く。

「こんなところでヒーローショーをやってるとは知らなかった……遊園地なんて行かないから、完全にノーチェックだったな……」

正直、この夢と希望のテーマパークの雰囲気にはマッチしていないが、そういう特設コーナーが常時設けられているらしい。

いつになく真剣に道順を確認している征斗へ、香乃が不思議そうに問いかけてきた。

「もしかして、征斗先輩は、こういうのお好きなのです？」

「……悪いか？」

高校生がいい歳《とし》して、という、恥ずかしさみたいなものは、当然ある。

しかし、香乃はゆるゆると首を振ると、

「いいえ、そんなことありません。征斗先輩は、喫茶店の休憩時間に本を読まれているので、てっきり、読書が趣味なのかと」

「もちろん、本も好きだが」

なんというか、そういうものとは根本的に違っていて。

「子供の頃、テレビで見た戦隊ヒーローが格好良く見えてな。俺は将来、正義のヒーローになるんだって公言してたくらいだ」

「それくらい、番組が面白《おもしろ》かったのですか?」

「まあ、それもあるだろうけど」

まだ、父親も母親も家にいた頃《ころ》のこと。

「その当時、親父が研究所から追い出された上、変なところから金を借りたらしくてさ。家に夜討《ようう》ち朝駆けの取り立てが来てたんだ」

「それは……」

あの頃は、なかなかに大変だった。

今とは別の狭いアパート暮らしだったが、正直、いい思い出というのはほとんどない。

「親父は自業自得として、お袋がね。奴《やつ》ら、最後には家にまで上がり込んで、金目の物を根こそぎ取っていって。俺は、毎日お袋が泣いているのを見てることしかできなかった」

父親はそれでも、家庭を顧みることなど一度もなかった。

だから、母親を守れるのは、自分だけだと思っていた。

「けど、一度だけ、借金取りに盾ついたことがあるんだよ」

母親が大事にしていた、鏡台を彼らが持ち去ろうとした時だ。

子供だった征斗は、男の脚にしがみついて、必死にそれを止めようとした。

しかし、現実は非常なまでに残酷で。

「容赦なかったよ。簡単に足蹴《あしげ》にされて、殴られてさ。痛くて声も出なくて、結局、なにもできなかった」

子供だから、なんて、ただの言い訳だ。守れなかった。

ただ、その事実だけが、全てだった。

その後、母親は体調を崩し、最期《さいご》は病院で眠るように息を引き取った。

そんな母親を、ただ見送ることしかできなかった自分の無力さが、今でも忘れられないでいる。

「それが本当に、泣くほど悔しくてさ。正義を為《な》すためには、そのための絶大な力がないといけないってことを、あの時俺は、思い知らされたんだ」

誰かを助けたり、自分が正しいと思ったことを為したりするためには、無力ではいけない。

「だから、俺は――」

そこまで言ってから、征斗は小さく首を振って話を止めた。

「いや、なんでもない。悪いな、変な話して」

「いいえ、そんなことありません」

いきなりおかしな話をされたのに、香乃は穏やかに笑っている。

気にした素振《そぶ》りも見せない香乃の、器の大きい対応は、正直ありがたい。

「というわけで、俺は行く。香乃はどうする？」

「もちろん、一緒に行くに決まってます」

「知らん人が見ても退屈だぞ?」

「大丈夫です」

香乃は嬉しそうに笑みを浮かべると、

「征斗先輩が好きっていうだけで、とっても興味が湧《わ》いてきますから。それに」

くすりと笑った香乃は、そっと、囁《ささや》くように耳元でこう告げてきた。

「熱中している征斗先輩、ちょっと可愛くって、きゅんってしちゃいましたから」

「…………。置いてくぞ」

「え? あ、ま、待ってくださいっ」

人で溢れるパークの中、赤くなった顔を見られないように、征斗は速足で歩く。

※　※　※

そのショーは、序盤から大盛り上がりだった。

「リアルカラインジャー……!」

珍しく、瑠璃が興奮を隠そうともせず、小さな拳《こぶし》を握り締め、ショーに熱中している。

舞台の上では、カラフルな全身タイツを身に纏《まと》った面々が、異形の生物たちと戦っている。

パンチの一撃で相手を吹き飛ばしたり、謎のレーザーを発射して敵を焼き尽くしたりと、とんでもない強さを発揮していた。

「ええと……これは一体、なんの演劇なの？」

「カレー戦隊、カラインジャー。去年のクールに放送していた、戦隊ヒーロー」

「辛《から》い……？　なにが……？」

「もちろんカレー。必殺技は福神スラッシュ。ちなみに、バルクシュタインでも放送している」

瑠璃はショーから視線を離さず、子供たちに混ざり目を輝かせている。

一緒に連れて来られた澪は、なにが起こっているのかよく理解せぬまま、その熱気に包まれた場を見回していた。

「子供が多いわね。でも、大人の人も結構混ざっているけど……」

「最近のシリーズは、一緒に見る親にもターゲットを当ててるのが多い。イケメンの俳優を起用したり、セクシーな女優を幹部に据えたり」

「そういえば、征斗もこういうの好きだったわね……」

「そうみたい」

瑠璃が指差した先、反対側の席では、征斗と香乃がショーを見ていた。

「なんか、とても楽しそうね」

「うん。普段と違って、ちょっと可愛い」

「うん、いつもクールに振る舞ってるのに。なんか可愛い」

舞台の上では、五人のヒーローたちが、怪人という生物たちに吹き飛ばされて地面を転がっている。

黄色い全身タイツのヒーローが、苦しそうな演技をしつつ、舞台にいる子供たちに声援を要求していた。

「ところで、あの人たちは、どうして戦っているの？」

「伝説の香辛料を探し求める秘密結社シナモンローレルが、あちこちで好き勝手に暴《あば》れているのを阻止しているのが、正義のカレー戦隊カラインジャー」

「ええと、つまり、悪漢と警察みたいなものかしら？」

「うん。そんなところ」

よくわからないが、とにかく、正義と悪に分かれて戦っているらしい。

「あの黒い服の方たち、十メートルくらい吹き飛ばされているわよ……？」

「必殺技だし、当然。それに、あれくらいなら、わたしでもできる」

「過剰防衛になるんじゃないかしら……？」

「大丈夫。相手は脛《すね》に傷のある悪人ばかり。だから、法や警察に頼ることはできない」

「そうなのね……設定が難しい……」

初心者には、やや敷居が高いショーのようだ。

そもそも、こういった外部コンテンツのショーをやっていること自体が驚きだった。

なんでも、新規の客層を取り込むための施策として、ここ数年、定期的に開催されているらしい。

「私、先に出てるわね」

「うん」

こちらの話を半分も聞いていない瑠璃を置いて、澪は一旦《いったん》、会場の外へ出ることにした。

会場の熱気から解放され、一息ついていたところで、中に入ろうとしていた男性と肩がぶつかった。

「あ、ごめんなさい」

「…………」

男は無言で、中に入っていってしまう。

「悪役の人かしら……？」

妙にふてぶてしい態度を撒き散らしていた男に、澪は小首を傾げる。

※　※　※

三十分のショーだったが、まるで一瞬のことのようだった。

「素晴らしかった……」

なにがと問われれば、全てがと答えることになるだろう。

内容はもちろんのこと、舞台の演出や会場を巻き込んだシナリオ、そして正義が勝利する王道のオリジナルストーリー。

正直、もう一度並んで見たいくらい、征斗は感動を覚えていた。

「ええと、なんだか、凄く盛り上がっていましたね……？」

「当然だ」

隣で見ていた香乃に、征斗は拳を握りしめて語り始める。

「まさか、秘密結社シナモンローレルの幹部が勢揃いしているなんて……あんな場面、本編だってお目にかかれないんだぞ」

「そ、そうなんですね。よくわからないけど、みんなの熱気が凄かったです」

まるで熱に呑《の》まれるかのような盛り上がりだった。

子供も大人も、拳を振り上げ、ヒーローたちに声援を送る一体感。普段はテレビの前で一人熱くなっているだけだったが、こんな楽しみ方もあるのかと驚くほどだった。

来て本当に良かったと実感していると、隣を歩く香乃が覗き込んでくる。

「征斗先輩は、なにを買っていたのです？」

「これか？」

手にしているのは、じゃらじゃらと音を立てている、戦隊ヒーローを象《かたど》ったピンバッジだ。

「限定版のピンバッジが売ってたからな。思わず衝動買いしてしまった」

気づいたら手の中にあった。

いくら払ったのかも覚えていないのは、さすがに病気かもしれない。

「わ、可愛いですね。これは、なにかのキャラクターなのです？」

「ああ。マスコット犬のターメリックだ。カレーの匂《にお》いなら、五キロ先からでも正確に辿《たど》れるという、特殊能力を持ってるんだ」

「そ、そうなんですね。どこまでもカレーなのは変わらないのですね……」

お話の中では、ターメリックが大活躍するのだが、普通の人が見ればただのデフォルメされた犬だ。

そう思って、征斗はそのうち一つを、香乃の前に差し出した。

「一個やろう」

「え……？　い、いいのですか？」

「ああ」

無駄に五個も買ってしまったが、家で眠らせるのももったいない。

手のひらに置かれたピンバッジを見た香乃は、目をきらきらさせると、

「……嬉しいです……私、一生の宝物にしますっ！」

「写真の時も同じこと言ってたろうが」

「えへへ、あれはあれ、これはこれですから」

ちゃっかりしたことを言いながら、香乃は嬉しそうに自分のバッグにそれを留めた。

「そうだ、写真撮っておくことにしますね！」

いそいそとスマートフォンを取り出し、香乃はピンバッジの写真を撮る。

「………………」

そういえば、黒猫のアカウントに上げられていた写真も、香乃のスマートフォンで撮られたものだった。

少しだけ緊張感が蘇《よみがえ》ってきたところで、

「ちょっと、ヒーローさんたちとも写真撮ってきますっ」

香乃はスマートフォン片手に、会場で始まった写真撮影会に駆け出してしまう。

「……元気な奴」

その背中をぼんやり見送っていると、再び聞き覚えのある声が征斗の肩を叩いてくる。

「――あれ、久世くん？」

びくりと肩が震えてから、おそるおそる背後を振り返った先。

そこには、後ろで手を組んだクラスメイトの少女が、征斗を見上げていた。

「久世くんもショー見てたの？」

「美月……!?」

この無駄に広いパークで、しかもこんな場所で、どうして偶然が重なるのだろうか。

にこにこ笑みを浮かべている亜里沙に、征斗は驚愕《きょうがく》を押し殺せずに問いかける。

「なんでヒーローショーなんかに⁉」

「うん、妹がこういうの好きなんだ。今、握手してもらいに行ってるよ」

見れば、写真の組と握手の組に分かれた子供――一部大人――たちが、人気アトラクション顔負けの行列を作っている。

妹を待っているらしく、手持《ても》ち無沙汰《ぶさた》にしている亜里沙が、目ざとく征斗の手中のものを見つけてきた。

「あ、いいな。ターメリックのピンバッジだ」

「……もしかして、カラインジャー知ってるのか？」

「うん、妹と一緒に番組見てたから」

言って、亜里沙が思い出すように人差し指を顎《あご》の下に添える。

「カラインジャーは、展開が意外なのが多くて、見てて面白かったな」

「ああ、そうなんだよ」

意外なところに同士を見つけた征斗は、状況も忘れて語り出した。

「伝説の香辛料を求めるというのは表の目的で、実は、究極の馬鈴薯《ばれいしょ》を探していたことがわかった時の展開は、凄かったよな」

「うんうん。しかもそれを、イエローの実家の農場で作っていたのが判明して、広大な農場で戦うシーンは、手に汗握る展開だったよ」

「ああ。全てを独占しようとする秘密結社シナモンローレルの中から、裏切り者が出てきたのも目を離せない展開だった」

「そうだね——ふふっ」

頷いていた亜里沙が、口元に手を当てて笑い出した。

ふと我に返った征斗が、熱く語っていた自分に恥ずかしさを覚えると、

「……おかしいよな。高校生にもなって」

「あ、ううん。違うの違うの」

胸の前で両手を振ると、亜里沙がこんなことを言ってくる。

「久世くん、いつもあんまり自分の趣味のこととか話さないから。こういう話が久世くんとできて嬉しいな、って思って」

本当に嬉しそうな顔で、そんなことを言ってくれる。

その笑顔は、やはり、飛び切り可愛いものに見えてしまう。

どんな人気マスコットよりも、どれだけ有名なキャラクターよりも、眼前の少女の笑顔は愛《いと》おしいものに思えた。

「美月もなにか買ったのか？」

「うん。秘密結社シナモンローレルの女幹部、レッドペッパーのピンバッジだよ」

「レッドペッパーとは渋いな。もしかして、秘密結社好きなのか？」

「うーん、どうだろう？　でも、伝説の香辛料を手に入れる、っていう自分の信念のためなら、正義が相手でも一歩も引かずに戦うっていうところは、共感できるかも」

手元のピンバッジを眺めながら、亜里沙はつぶやくように告げる。

「正義のヒーローは、全ての人を守ってくれるわけじゃないから。だから、自分で自分を強くしなきゃいけない人もいる。そうやって強くなったレッドペッパーは、純粋に格好いいと思うかな」

亜里沙は、そんなはっきりとした答えを返してくる。

意外に、内容もしっかり見ているらしい。

「美月は、この後どうするんだ？」

「妹が食べたいって言ってるハンバーガーを出すレストランで、お昼にするつもりだよ。久世くんも来る？」

ごくごく自然に、そんなお誘いをしてくれる。

これは、もしかしなくても、大チャンスなのではないだろうか。

人生の中で、これだけ亜里沙と近い距離でいられることは、もうないかもしれない。そう思ったら、二つ返事で了承してしまいそうになるのだが——

「征斗せんぱーい！」

「………げ」

その空気を読まない呼び声が、一気に征斗を現実世界へと引き戻してきた。

「？　あれ、今、誰か久世くんのこと――」

「あ、美月！　妹はどこだ？」

「え？　あ、うん、終わったら建物の入り口集合って言ってあるけど」

「よし」

征斗はスマートフォンを取り出すと、音声入力をオンにして、電話をするふりをしながら小声でコマンドを入力する。

「――建物内の制御コンソールに侵入、ベーシック認証のログを取得してパスを取得、遠隔ログインを実施後に、放送信号へのインタラプトのコマンドを強制挿入」

次の瞬間、ぴんぽんぱんぽん、という効果音に続き、こんな合成音声がスピーカーからこぼれだした。

『――お呼び出しを申し上げます。美月亜里沙様、美月亜里沙様』

「え？　わたし？」

いきなり名前を呼ばれた亜里沙が、はっとした表情で顔を上げる。

そのタイミングを待ち構えていたかのように、合成音声はこう続けてきた。

『お連れ様がお待ちです。ショー会場入口のインフォメーションセンターまでお越しください。繰り返し、お呼び出しを申し上げます――』

同じ内容を二度繰り返している間に、亜里沙は慌てた様子で周囲を見回すと、

「ご、ごめん、久世くん。妹が待ってるみたいだから、わたし、行くね！」

そのまま、ぱたぱたと走り出した。

それを見送った直後に、香乃が小走りに近寄ってくる。

「あれ、征斗先輩、今どなたかとお話ししてました？」

「いや、なんでもない。それより、次のショーが始まる。邪魔にならないように、急ごう」

そんな適当な理由をでっちあげ、征斗は香乃の手を握った。

「あ……」

驚いたような香乃の声。それに構う余裕などなく、なるべく速足で外に向かう。

そのまま、亜里沙と遭遇することなく、建物の入り口とは、反対側の出口に出ることができた。

太陽の光に眩しさを覚えていたところで、引っ張られるがままだった香乃が、静かにしていることに気づく。

「………………」

「？　どうした？　どこか怪我《けが》でもしたか？」

「あ、い、いえ」

ふるふると小刻みに首を振ってから、香乃は赤くなったまま、視線を手元に落とした。

「そ、その、えと、手……」

「手？」

促されるように、征斗も自分の手を見下ろす。

暗い館内を引っ張るため、香乃の手をしっかりと摑《つか》んだままだった。

「あ、すまん。咄嗟に」

「い、いいえ、いいんですっ」

手を放そうとした征斗だったが、それを阻止するように、香乃が反対の手を重ねてくる。

「もし、よければ、その……このままじゃ、ダメ、でしょうか……？」

窺《うかが》うような上目遣いで、香乃がお願いしてくる。

愛玩動物のような可愛らしさを湛《たた》える香乃を見ながら、征斗は一度頭の後ろを掻《か》くと、

「……少しだけだぞ」

「あ……はいっ！」

嬉しそうに、香乃が頷く。

ここに皐月がいたら、きっと、大笑いしたことだろう。自分だって、おかしなことをしているとわかっている。

それでも、ついつい甘やかしてしまうのは、どこか自分と似ているものを香乃に感じているからかもしれない。

「ちなみに、三年くらいは少しのうちに入りますよね？」

「入らん」

　けちですー、と風船のように頬《ほお》を膨らませるのを無視し、足早にヒーローショーをやっていた建物を離れる。

　亜里沙と遭遇しないようにするため、レストラン街とは反対の方へ歩いていたところで、

「あ、写真ポイントがありますよ、征斗先輩。撮っていきませんか？」

香乃がくいくいと手を引いて、そんなことを言ってきた。

「写真……」

「あ、もしかして征斗先輩、写真嫌いでしたか……？」

「……いや、いいぞ」

　今日、どうしてここへ来たのか、その目的を思い出す。

　香乃は文字通り小躍りしそうなくらいに喜ぶと、

「やりましたっ。これで、征斗先輩と一緒の写真が撮れますっ」

「ただし」

　征斗は一つだけ、そこに条件を加える。

「撮った写真は、誰にも見せるなよ?」

「誰にも……? 澪先輩たちにもです?」

「澪にも、瑠璃にも。もちろん、美月にもだ」

最後のはただの念押しだったが、香乃は深く考えることなく頷いてきた。

「はい、わかりました。つまり、二人だけの写真、ということですよね?」

「……いや、そういう意味ではなく」

「えへへ、楽しみですっ」

ふにゃりと表情を緩ませると、香乃が早く早くと急かしてくる。

もし――

もし、この写真が例のアカウントに上げられたとするならば、香乃が黒猫であるか、または、その関係者とみて間違いないだろう。

マスコットの横に並んだ征斗だったが、そんなことを考えていたためか、えらく険しい表情になってしまう。

「征斗先輩、征斗先輩、表情が硬いですよ?」

「……生まれつきだから仕方がない」

「スマイル、スマイル、です」

にー、と笑った香乃につられ、なんとか引きつった笑みを浮かべる。

キャストの人はさすがというか、手慣れた様子で香乃のスマートフォンを構えると、

「撮りまーす、はい、チーズ！」

「にー！」

「…………」

そうして、一枚の、いろいろな意味でとても重要な写真が撮られた。

「えへへへへへへ」

スマートフォンを返してもらった香乃は、口元の緩みが収まらない様子で、撮ってもらった写真を眺めている。

「……そんなに嬉しいのか？」

「もちろんですっ」

スマートフォンを抱き締めながら、香乃は心の底から願うような声で、こう宣言してきた。

「これも、一生の宝物にするんですからっ」

※　※　※

呼び出し先に向かう途中、握手を終えた妹と合流することができた。

一応、インフォメーションセンターに行ってはみたものの、特に呼び出しはしていないと言

われてしまった。

不思議に思いつつも、亜里沙たちは人の流れに乗ってステージの外に出る。

「ヒーローさんたちとは、ちゃんと握手できた？」

「はい、亜里沙姉様」

亜里沙の問いに、途中で合流した妹の深夏《みなつ》が、こくりと頷く。

妹は合流する前、亜里沙が征斗と話しているのを見ていたらしく、

「亜里沙姉様、さっきの人はだれ？」

くるりとした瞳《ひとみ》で見上げてきた深夏が、お下げを揺らして問いかけてくる。

「うん、お姉ちゃんの学校のお友達だよ。久世くんって言うの」

「お友達なの？　カレシじゃないの？」

「あはは、違うよー」

おませなことを言う妹に、亜里沙は苦笑して首を振る。

「お姉ちゃんはモテないから。彼氏なんていないよ」

「そうなの？　亜里沙姉様は、こんなにも素敵なのに」

「ありがと。でも、そんなこと言ってくれるの、深夏だけだよ」

妹の頭を撫でてやるも、深夏はいつも通りの淡々とした口調で言う。

「きっと、さっきの人も、実は亜里沙姉様のこと好きに違いない」

「それはないよ。久世くんは正義のヒーロー、だからね。お姉ちゃんなんかよりも素敵な人が、周りにいっぱいいるはずだから」

実は的中していた妹の推測を一蹴して、亜里沙は改めてその小さな手を引っ張った。

「さ、行こっか。次は、レストランだっけ」

「はい、亜里沙姉様」

姉妹《しまい》は手を繋ぎ、夢と魔法の国の中へと溶け込んでゆく。

※　※　※

小腹が空いてきたこともあり、露店をいくつか巡って食料を調達した。

なるべく静かな場所を選んで、そこにあったベンチに座ると、隣に座った香乃がこんなことを言ってくる。

「遊園地って、素敵なところなんですね」

「そうか？」

「はい、そうです」

砂糖をこれでもかと塗《まぶ》した丸いお菓子を口に放り込みながら、香乃は微笑む。

「みんな、とっても楽しそうです。小さい子も、カップルさんも、パパもママも、みんなみんな、笑顔で溢れてるのが、とっても素敵です」

言って、目の前の光景に双眸を細める。

そこには、確かに、笑顔の世界が広がっていた。

これだけの人が集まっているのに、不機嫌そうな人を一度も見ていない。ちょっと疲れたお父さんや、ぐずっている子供くらいはいるが、それでもみんな、このパークを心から楽しんでいるように見えた。

「私は、赤ん坊だった頃、施設に預けられたんです」

お菓子をぱくりとしてから、香乃は世間話でもするような口調で言ってくる。

「あ、でも、施設のみんなとは仲良かったですし、園長先生や他の先生たちも、すごくすごく優しくて、いい人たちばっかりだったので。私はまだ、恵まれていたんだと思います」

その表情に、暗いものはない。

きっと、たくさんの苦労はしてきたのだろうが、それを表に出さないくらいの強さを香乃は持ち合わせていた。

「それでも、やっぱり、街中や学校で他の家族を見ると、いいな、とか、どうして私には家族がいないんだろう、って思ってました。物心ついた時には、私の両親はどこでなにをしてるんだろうって」

香乃の視線が、子供連れの家族を追いかける。

優しそうな両親に連れられた女の子が、胸から大きなポップコーンの入れ物をぶら下げ、満面の笑みを浮かべていた。

それをどこか寂《さび》しそうに見送りながら、香乃は手元のお菓子を一口齧る。

「でも施設では、家族の話って、ちょっとタブーなところがあって。誰にも言えないで悶々《もんもん》と抱え込んでいたんですけど、園長先生がそんな私に気づいて、言ってくれたんです」

空を見上げ、両脚をぐっと伸ばしながら、香乃は小さく微笑んだ。

「家族というものは、ただ与えられるだけではなく、自分で作ることもできるんだよ――って」

その時のことを思い出すように、香乃は右手を空に伸ばす。

「園長先生のその言葉は、私にとって、ただただ驚きで。でもすぐに、私の希望になったんです」

「……だから、家族に拘っていたのか」

「えへへ。単純ですよね？」

恥ずかしそうに笑うが、それを単純だと一笑できるほど、征斗自身も単純な人生だったわけではない。

「でも、どうすればいいのかはわからなくって。園長先生に聞いたら、家族っていうのは、好きな人と一緒に暮らして、そして、子をなすものなんです、って教えてくれて」

「まあ……間違ってはいないと思うが……」

園長先生が言いたかったのは、もっと、広い視野での物事であり、決して子作りを推奨していたわけではないのではないだろうか。

しかし、香乃はそう思っていないらしく、

「ですから、私、征斗先輩と家族になるために、征斗先輩と子供が作りたいんです！」

「だから、そこが飛躍し過ぎなんだ！」

家族、イコール、子作りという方程式が成り立っている理由はわかったが、どうやら、香乃は肝心な部分を理解していないらしく、

「でも、子供ってどうやって作るんでしょう？」

「…………は？」

唐突におかしなことを聞かれる。

いや、もともと、いろいろおかしかったのだが、なにやら香乃は本気で首を傾げている。

「どうって……いや、その、一応、授業とかでやっただろ……？」

「そうなんです？　私、転校が多かったので、時々、習ってないところとかあって」

転校をしたことがないのでわからないが、それは、教育要綱の不備ではないだろうか。

「もしかして、征斗先輩はご存じなのです？　なら、私に教えてください！」

「…………。今度な」

「本当ですか？　約束ですっ」

嬉しそうに手を合わせた香乃だったが、すぐにその細い肩を落とすと、

「でも、不安にもなるんです。施設のみんなや園長先生も仲良かったですけど、普通の家族ってどういうのか知らなくて。だから、私なんかに、家族が作れるのかなって」

屋台の前で、小さな女の子がびたん、と転んでしまう。

将来はオペラ歌手になるべきだ、と思えるほどの声量で泣き始めた女の子に、母親らしき人物が駆け寄って抱きかかえた。

そんな、いわゆる普通の家族を眺めながら、征斗は口を開く。

「俺だって、まともな家族の中で育った、とは言えないし、なにが正解かもわからないけどさ」

ジュースと氷の入ったカップを手の中で遊ばせながら、征斗は思っていることを言語化した。

「俺は、香乃なら大丈夫だと思うぞ」

「え……？」

驚いた様子で見やってきた香乃に、征斗はただ、純粋な感想を告げる。

「家族なんて、いろいろだろうし、向いてる人、向いてない人、それぞれなんだろうけど。でも、香乃は家族が身近でなかった分、その大切さを誰よりも知っているはずだから」

身近にあり過ぎる人ほど、その当たり前の大切さを理解することは難しい。

だからこそ、香乃はそのことを、誰よりも深く、深く、理解している。

「香乃はきっと、いい家族が作れる。俺が保証する。だってさ――」

風に煽《あお》られて空に舞った赤い風船を見上げながら、征斗は囁くように言った。

「俺が知っている香乃は、ただただ、いい奴だからな」

「あ……」

はらりと。

最初は小雨程度のものだったが、その涙は、やがてダムが決壊してしまったかのように、とめどなく溢れ出してきた。

「あ、あれ、おかしいな……？　どうして、涙が……ご、ごめんなさい、嬉しいのに、なんか、止まらなくて……っ」

「いいんだよ、別に」

目元を拭《ぬぐ》い続ける香乃から視線を外し、征斗は空を見上げながら、大げさに肩をすくめてみせた。

「心配する必要なんてないんだ。香乃は、香乃が思う通りに、行動すればいい。それでダメだったり、困ったことがあれば、いつでも頼れ。俺にできることがあれば、助けてやるからさ」

「でも……でもぉ……っ」

「ほら、これで顔拭け」

言いながら、そっとハンカチを差し出す。

少しだけ迷った様子を見せてから、香乃はそっと、そのハンカチを受け取ると、

「もうもう、どうしてくれるんです？　私、また、征斗先輩のこと好きになっちゃいますよぉ！」

「知らん」

この少女が稀代のちょろいんであることは、もう、どうしようもないと諦《あきら》めている。

次々と溢れてくるらしい涙を拭う香乃に、征斗は遠くではしゃぐ子供たちを見ながら告げた。

「単にお前がちょろ過ぎるだけだ。もう少し、人を疑うことを覚えろ」

「そんなこと……しなくても、絶対絶対、大丈夫なんですっ」

香乃は目尻に浮かんだ涙を拭うと、妙に自信満々な口調で答えてくる。

「征斗先輩は、いい人なんですから。絶対に、間違いありませんっ」

「なんでそんなこと言える」

「理由なんて、とっても簡単です」

香乃は自分の胸にそっと手を添えると、そこにある大切なものを包み込むように、優しく手を握った。

「私が好きになった人、ですから。これ以上、単純で明確な理由なんて、どこにもありませんし、必要もありませんっ」

「…………」

不覚にも、見とれてしまった。

それが香乃の本心だから――少なくとも、征斗にはそう思えたからこそ、その言葉はぐっと征斗の胸に突き刺さるのだろう。

これまで経験したことのない、不思議な感覚に戸惑いながら、征斗は小さく頭を振ってから口を開いた。

「ちょっと、ポップコーンでも買ってくる」

「あ、じゃあ、私も一緒に」

「いや、大丈夫だ。ここで待っててくれ」

マスコットのオブジェがある場所に香乃を残し、征斗は足早に歩き始めた。

人ごみを縫いながら、そっと、自分自身につぶやく。

「……やっぱり、はっきりさせておいた方がいいよな」

心苦しいというか、あの笑顔で純粋な好意を向けられると、なんとも思っていなかったとしても、絆《ほだ》されてしまいそうになる。

もちろん、それも演技なのかもしれない。しかし、皐月の警告を忘れてしまいそうになるほど、あの笑顔に引き込まれそうになっている自分がいた。

その理由は一つしかない。

「……そうか。今日、俺は楽しかったのか」

今更ながらにして、そんなことに気づく。

そんな当たり前のこともわからなかったなんて、我ながらどうかしていた。

征斗はなるべく遠い場所の屋台に足を伸ばし、そこでポップコーンを買うために並ぶ。並んでいるのは小さい子から大人まで様々だが、皆、バターやキャラメルのいい香りに唾《つば》を呑み込《こ》んでいた。

征斗も楽しみになってきたところで、ポケットのスマートフォンが小さく振動する。

「これは……」

画面に表示された内容を見て、征斗は双眸を細めた。

「罠《わな》にかかった、か」

脳内へ冷や水を注《そそ》がれたかのように、それまでの自分が入れ替わる。

夢の国の中で、ただ一人現実に立ち戻った征斗は、すぐさま皐月の番号を呼び出した。

『おや、どうしたんだい？　ホテルの予約なら、隣の駅がお勧めだよ。パークのホテルは高いからね』

「違います」

相変わらず明後日《あさって》の方向に思考が飛んでいる皐月へ、征斗は手早く要件だけを伝える。

「どうやら、二つ目の目的が果たせそうなんで。データ、転送します」

スマートフォンのショートカットを呼び出し、皐月のアカウントへデータを送りつける。

すぐさまそれを確認したらしき皐月は、少しの間を置いてから、一段低い声を返してきた。

『――なるほど。相変わらず、こういう時のキミの読みは怖いくらいよく当たるね』

「本当なら、当たらないでほしかったんですけどね」

『女の子の気持ちも、それくらい的確に当てられればいいのにね』

「…………。それよりも、例の件、お願いします」

『ああ、わかってるよ』

皐月との通信を終えてから、征斗はすぐさま、別の人物の番号を呼び出す。

ほんのわずかな間を置いて出た人物へ、征斗はこう切り出した。

「もしもし？　突然で悪いんだが、ちょっと頼みがあって――」

※　※　※

写真の中の自分は、見たこともないくらいに幸せそうな顔をしていた。

「……えへへへへ」

スマホの写真を見ながら、香乃は自分の顔がにやけるのを抑えられないでいた。

マスコットを中心にして、香乃が左側、征斗が右側に立っている。

楽しそうにピースしている香乃と、どこか緊張した面持ちの征斗が、一つのフレームに収められていた。

「一緒に写真、撮っちゃいました。瑠璃ちゃんたちに自慢したいですけど、征斗先輩に禁止されちゃいましたし……」

この間の喫茶店の件がバレてしまったのかもしれない。

となれば、この写真は香乃が独り占めしておこう。大事に大事に、一人でいる時にだけ、こっそり見て楽しもう。

そう思って、スマートフォンを閉じようとした時だった。

「あ、あれ……？」

突然、おかしなエラーがスマートフォンの画面に現れた。

黄色と赤の警告色を使ったその画面に侵食され、撮った写真が溶けるようにして消えていく。

「写真が消えてしまいました……!? ど、どうして……？」

慌てて操作するも、スマートフォンは一切《いっさい》の入力を受け付けてくれない。

ただただ焦《あせ》るしかない香乃だったが、警告画面が消えたかと思うと、今度は別の画面が跳ねるようにして現れた。

そこに書かれていたのは、こんなメッセージで。

『写真を返してほしければ、次の場所に来い』

そしてすぐに、画面が切り替わり、パーク内らしき地図が表示される。

その中に、自分の現在位置と、目的地らしい場所が赤い矢印で表示されていた。

「これって……ここのアトラクション、なのでしょうか……？」

そんなものは、雑誌にも載っていなかった。

けれど、こんな大がかりな仕組みが起こるなんて、それ以外に考えられない。

それに、あの写真は香乃にとって、生まれて初めて、好きな人と撮った世界に一枚だけの写真だ。絶対に、取り返さないといけない。

「征斗先輩、ごめんなさいっ」

ポップコーンを買っている征斗に申し訳なさを感じながらも、香乃は地図に従って走り出した。

画面の地図を確認する限り、それほど離れた場所ではない。

人の波に呑まれそうになりながら、香乃が必死にその場所へ走っていたところで、

「あれ、逢妻さん……？」

聞き慣れた声が、香乃の肩を叩いてきた。

振り返った先にいたのは、アルバイト先が同じバイト仲間で。

「亜里沙先輩！　もしかして、亜里沙先輩も、皐月さんにチケット貰ったのです？」

「ええ、そうなの」

そこにいたのは、妹らしき少女と手を繋いでいた亜里沙だった。

「妹と二人で来てるんだけど、逢妻《あいづま》さんもだったんだね」

おそらく、亜里沙も皐月にチケットを貰ったのだろう。

亜里沙も同じことに思い至ったのか、笑いながら告げてくる。

「さっき、久世くんも見かけたよ。こんなことなら、皐月さんも誘って、みんなで来ればよかったかな？」

人ごみが苦手だという皐月には、アメタローを預かってもらっている。

一緒に来られなかったのは残念だったので、後でお土産を買っていくつもりだ。

「逢妻さんは、一人で来たの？」

「いいえ、違うんです。私は——」

言いかけて、自分が今なにをしていたのかを思い出す。

「そ、そうでした……ご、ごめんなさい、ちょっと、行かなきゃいけないところがあるのでっ！」

「え？　あ、そうだったんだ」

「はい、またです！」

そのまま、再び走り始める。

急いで行って、また征斗のところに戻らなければ。あまり遅いと、心配をかけてしまう。

「はぁ……はぁ……ここ、でしょうか……？」

そうして辿り着いたのは、改装工事中のアトラクションがある場所の一角だった。

ぐるりと裏口に回ると、途端に人気がなくなる。

まるで魔法が切れたかのような寂しさに、若干の不安を感じていると、物陰から一人の男がぬらりと姿を現した。

「――カカ、本当に来るとはな」

「……⁉　あなた……⁉」

征斗と会った日、言い争っていた相手。

香乃は、この男のことをある理由から知ってはいた。しかし、当然、今日ここへ来ることなど一言も話していない。

「写真、返してください！」

「これのことか？」

言って、男は自分のスマートフォンをひらひらさせる。

その画面には、香乃のスマートフォンにあったはずの写真が表示されていた。誰にも渡していないのに、何故《なぜ》か男の手にその写真がある。

「どうやって、私のスマホから取ったんですか⁉」

「カカ、ツール使えば、んなもん誰でも簡単にできるんだよ」

口元に嫌らしい笑みを浮かべる男が、なにを言っているのか、香乃にはよくわからない。

ただ、男に写真を盗《と》られたことだけは、間違いなさそうだった。

「なにが、望みなんです……？」

この男がどういう人物なのか、香乃は嫌というほどよく知っている。

それを改めて認識させるかのように、男はタバコ臭い顔を近づけながら言ってきた。

「忘れてないよな、お前の父親に金を貸したってこと」

「ですから、私は知りませんっ」

一歩離れながら、香乃が叫ぶ。

「そもそも、私は自分の父親が誰なのかも知らないんですっ！」

「んなことは、どうでもいいんだよ」

いやらしい笑みを浮かべつつ、男は下唇をぬめりとした舌で舐《な》める。

「俺は確かに、お前の父親に金を貸したんだ。それに」

小動物を前にした猛禽類《もうきん》のように、獰猛《どうもう》な笑みを浮かべて香乃に凄んでくる。

「お前にも、貸してるはずだよなぁ？」

「ち、違いますっ！」

香乃は必死になって首を振ると、引っ越す前にあった、ある出来事について言及した。

「あなたが、お父さんのことを教えてくれるって言って！　でもそれには、書類にサインが必要だって言うから……！」

「ああ、そうさ」

あの時と同じ笑い方をして、男がポケットから折り畳んだ紙を見せてくる。

そこには、小さい文字が両面にわたってびっしりと印字されており、最後に香乃の署名がされていた。

「ほら、ここにお前が書いた証書もある。父親のことを教えてやる代わりの代金、三百万円の証書だ。この意味、わかるよな？」

「…………っ」

確かに、それを書いたのは香乃だ。

この男が声をかけてきたのは、前にいた園がなくなることが決まり、途方に暮れていた時。

香乃の父親のことを知っている、という男の言葉に一縷《いちる》の希望を求めてしまったのが、間違いの始まりだった。

今となっては、明らかに嘘だったのだとわかるが、当時は他に縋《すが》れるものがなにもなく、ころりと騙されてしまった。

「全く、自分の立場を忘れてもらっちゃ困るなぁ。それに」

男はその紙を見せびらかすようにひらひら遊ばせると、香乃にとってのアキレス腱《けん》を容赦なく切り裂いてきた。

「彼氏がこのこと知ったら、どう思うだろうな？」

「……っ⁉　征斗先輩は関係ありません！」

「カカ、そいつはどうかな？」

香乃の反応が予想通りだったのか、男はすっとぼけた口調で続けてくる。

「お前が払えないんだったら、あの彼氏に払ってもらうか。一緒に来てんだろ？　ちょっとここに呼び出せよ」

「や、やめてくださいっ」

「うるせぇよ。あのガキをぶっ殺さねぇと俺の気が――」

男が言いかけたところで、ふっと、周辺で鳴り響いていた音楽が消えた。

「……なんだ？」

唐突に訪れた静寂。そして、次に聞こえてきたのは、人の声だった。

「――こっち、なにがあるんだろ？」

「――改装中じゃなかったっけ？」

「――コレクションスポット、あるかもしれないじゃん。行こうよ」

複数の女性の声。間違えて迷い込んで来たのか、ヒールの足音も聞こえてくる。

「ちっ、こっち来い！」

「きゃっ⁉」

男は香乃の腕を強引《ごういん》に掴むと、奥へと進む。

薄暗い中、右に左にと苛立《いらだ》たしげに進む男へ、香乃は叫んだ。

「なんで……こんな酷《ひど》いこと……っ」

「あ？　んなもん、金のために決まってんだろう」

香乃の手を乱暴に引きながら、男はつまらなそうに吐き捨てる。

「騙されそうな奴を引っかけて、適当な理由で脅して、金にする。ほら、すげー簡単だろ？」

まるで楽なアルバイトでもするかのような口ぶりの中に、罪悪感など微塵《みじん》もない。

「もちろん、相手は選ばねぇと、面倒なことになる。特に鼻の利《き》く家族なんかがいる奴は、すぐに警察を動かしてくるからな」

めんどくせぇ、と苦々しく言いながら、男は横目で香乃を一瞥した。

「その点、身寄りのない奴を狙《ねら》えば、いなくなったところで、失踪《しっそう》届けが出されることもねぇ。そうすりゃ警察も動かねぇし、本当、ノーリスクハイリターンで美味《うま》い商品なんだよ、お前らは」

「酷い……っ」

「カカ、いいね、その顔」

悪戯《いたずら》を自慢する児戯のように、男がケタケタと笑い声を上げる。

嫌悪感しか湧かない男を前に、香乃は目いっぱいの声で叫ぶ。

「お金が目当てなら、征斗先輩は関係ありません！」

「ああ。そうだな。俺だって野郎なんかに興味はねぇ」

つまらなそうに鼻を鳴らして、男が忌々しそうに続ける。

「けどな、こいつは条件の一つなんだよ」

「じょ、条件……？」

「新しい金脈を手にいれるための、だ」

香乃が眉根《まゆね》を寄せていると、男は走る速度を落とし、苛立たしげに何度も舌打ちをした。

「ここんとこ、あのハッカー集団のせいで、ブツの売買ルートがかなり削られちまったからな」

「ピース、メーカー……」

「そうそう、そいつらだよ」

最近、ニュースでよく見るようになった名前だ。

正義の天才ハッカー集団、と呼ばれており、世界中の問題をネットワーク越しに次々と解決していく。

日本でも、かつてとあるアイドルのストーキング情報を警察に伝え、逮捕に繋がったことで話題になっていた。その犯人は誘拐まで目論《もくろ》んでいたということから、危険を未然に防いだとして称賛されていたことがあるほどだ。

「本当、ふざけた話だよな？　俺らの裏ネットワークも、軒並み叩き潰してくれやがった。ったく、どんだけ苦労して作ったと思ってんだ」

　こういった男たちからすれば、天敵のようなものだろう。

　今は、一人一台、スマートフォンを持つのが当たり前になっている世界だ。つまるところ、誰もがネットワークに繋がっているのと同義でもある。

「けど、新しいツテができてな。そいつが出してきた条件が、お前をダシにあの男をハメることだったんだよ」

「ど、どうして、征斗先輩を……？」

「んなこと、知るかよ」

　ようやく、男が立ち止まる。そこが目的地だからではなく、単に行き止まりだったからだ。

　男は舌打ちをしてから、スマートフォンを手中で遊ばせると、

「この写真をお前のスマホからピックアップするアプリも、そいつから貰ったんだよ。すげー便利でな。他にも、ここの従業員のＩＤを偽造するアプリなんかも送ってくれてよ」

　新しい玩具《おもちゃ》を見せびらかす子供のように、男が口元を緩めると、

「俺としても、あのガキには恨みがあるからな。半殺しにされて命乞いをさせるのが今から楽しみ――」

「――なるほど。そういうことか」

そして――

誰よりも心待ちにしていて、誰よりも巻き込みたくなかった人の声が、その空間に響いてきた。

※　※　※

男が楽しそうに自慢話を語っていたが、そんなものに興味はなかった。

男に手を掴まれていた香乃が、はっとした表情で振り返ってくる。

「征斗先輩っ！」

「……テメェ、どうしてここがわかった？」

征斗の出現に、男が意外そうに片方の眉を吊《つ》り上《あ》げて応える。

征斗は手中のスマートフォンを軽く振ると、

「居場所がわかった？　違うよ。お前が俺のいる場所に来ただけだ」

「あ……？　なんだと……？」

言われて、男が周囲を見回す。

ここは、改装中のステージだ。

客やスタッフはおらず、ただ征斗たちの声だけが広い空間に響いている。

誰もいないことに安堵《あんど》したのか、男は口元を卑しく緩めた。

「カカ、どのみちお前を呼び出す予定だったんだよ。それに、俺を待ち伏せてたっつーなら、警察か警備でも呼べばよかったろうによ」

「まさか。そっちも先に、手を回していただろう」

征斗は嘆息《たんそく》を一つ挟んでから、あらかじめ掴んでいた情報をぶつけてやった。

「警備にゲート近くで爆発《ばくはつ》物が見つかった、って誤情報を与えて、そっちに人を割くようにしてたみたいだな。他にもいろんな通報して、警備や警察を混乱させ、こっちの通報が誤情報の一つと思わせるために」

「…………なんでそこまで知っている？」

男の表情に、今更ながら、警戒色が混ざり始めた。

それを見て、やはりこの男は、素人《しろうと》に毛が生えただけの存在であることが理解できる。

そう。この光の速度で情報が行き交う世界において、あまりにも対応が遅過ぎるのだ。

「他にもいろいろ知ってるよ。尾賀健太《おがけんた》、三十八歳、出身地は千葉県、中学の時の部活は野球部でショート、高校に進学してすぐ中退し、その後ふらふらしてたんだってな」

「お、い……!?」

「飲食店で働いていたが、トラブルで店長に怪我させてクビになり、ネットカフェを転々としていた時に出会った奴に誘われ、詐欺を始めた、なんて、転落人生そのものじゃないか？」

「てめぇ……!?　どうして、それを……!?」

「だから、知ってるって言っただろう?」

そんな基本的な情報、調べるのに数分もかからない。

ピースメーカーのメンバーが総出でやれば、その親族や行動履歴、一週間前に食べた昼食のメニューだって調べるのは容易だ。

この世界、どこにでもカメラやマイクがあり、行政や銀行などには個人情報が大量に保管されている。

それらがどれほど強固なセキュリティで守られようとも、ピースメーカーにとっては、紙切れ一枚ほどの効果もないのだ。

「そいつが国際詐欺グループ、ブラックノートの末端員だった。お前もその一員として活動、詐欺で確認されているだけでも三十件以上の事件に関《かか》わっている」

「ブラックノート……?」

「やっぱり、名前も知らされてなかったか」

この男はそれくらい、下っ端中の下っ端だった、ということだ。大きな組織になればなるほど、末端の構成員は上の存在を知らされない。

「外れだったな。動きが雑だったから、黒猫じゃないだろうとは思ってたが」

この男の怪しい動きを掴んだのは、昨日の夜だ。

香乃を狙っているらしい動きを見せたので、皐月と協力し、動きを慎重に観察することにしていたのだ。

パーク内にいることは把握していたし、征斗たちをつけていることにも気づいていた。

怪しい動きがあれば即座に無力化し、香乃を被害から守ること――

それが、新たに追加された、本日二つ目の目的だった。

もちろん、男がここへ誘導されるに至った声も、パークのスピーカーをハックして流したものだ。

「ま、その辺りのことはどうでもいい。とりあえず」

征斗は双眸を鋭く細めると、舞台の上から男を見下ろす。

「香乃を返せ。今なら、まだ痛い思いだけで済むぞ？」

「……カカッ」

男は香乃から手を放すと、身軽に舞台へと上がってきた。

「そこまでわかっていながら、一人で待っていた間抜けさを恨むんだな」

取り出してきたのは、手荷物検査をどうやってすり抜けたのか、と思うほどナイフ。瑠璃がいつだか言っていた通り、銃は持っていないらしい。

とはいえ、香乃もいるし、征斗自身も、フィジカルな面では全く役に立たないという自覚がある。

「ま、征斗先輩⁉」

「大丈夫だ。必ず助けるから、そこで少しだけ、じっとしてろ」

「は、はいっ」

それでも、香乃に言った言葉は誇張でも見栄でもない。

そう――

実際、なんの問題もないのだから。

「このテーマパークの施設は、全体的に中央のサーバーで集中管理されている」

「……あ？」

スマートフォンを弄り始めた征斗に、男が怪訝そうな声を出す。

征斗は気にせず、全ての下準備を終えると、

「施設全体が、ネットワークで繋がっているってことだ。そして、その環境下なら――」

そのネットワークを経由して、それを起動させた。

「この空間は全て、俺の支配下《テリトリー》になる」

次の瞬間、それが一斉に飛び立った。

その広い空間に、百を超える物体が、異音を上げながら突如として浮上する。

「な……っ⁉」

突然の異常事態に、男が思考と動きを停止させる。

浮かび上がったのは、一抱えほどある物体だ。それが四つのプロペラを回しながら、空中で器用に静止する。

「なんだ、これは……⁉」

「アトラクション演出用のドローンだよ」

このステージでは、様々なショーのための改装が行われている。

そのうちの一つに、ドローンを使って空中に様々な映像や演出をするものがあるのだ。

「互いにアドホックで連携を取り合いながら、連携して空中にイルミネーションを表示させるためのものだ。ネットワーク経由で制御もできるから――」

改装の仕上げで、アトラクションの事前チェックをしていたことが幸いした。

大型のドローンは全て充電を終えており、連続で三十分間は問題なく飛行できる。

そう、だから、

「こんな使い方もできる」

一斉にドローンが男目がけて突撃を始めた。

一つ一つが数キロはある物体だ。それが次々と男目がけて激突し、一旦離れて陣形を組み直しては、突撃を繰り返していく。

「痛っ、てめ、この……っ⁉」

一つ二つならどうにかなるだろうが、百を超えるとなれば、もはや個人でどうこうできるものではない。

「このガキ……！」

となれば、破れかぶれでも突進してくるしかないのは、想像に難くなかった。

いくつもの痣《あざ》やタンコブをこしらえながら、茶髪が突進してくる。

しかし、それが五歩も進まないうちに、突然男は横から飛来したものに弾《はじ》き跳ばされ、バウンドしてから、無様にも地面に転がされていた。

「が……っ⁉」

「他にも、水と光のアトラクションも上演されているみたいでね」

征斗はスマートフォンを弄りながら、その飛来してきたものを放った装置——強烈な放水設備を指し示す。

「当然、放水を使った演出もあると思わないか？」

「ぐ……こ、の……っ！」

びしょ濡《ぬ》れになって転がっている男が、ようやくこの段階になって、ことの重要性に気づいたのだろう。

征斗を睨《にら》もうとし、頭上を飛び交うドローンに小さく悲鳴を上げてから、叫んでくる。

「このガキ、てめぇ、一体なんなんだ……⁉」

「どうでもいいだろ、そんなこと」

本当にどうでもいい話だ。それを知ったところで、この状況が打開できるわけでもない。

代わりに征斗は一枚の紙を取り出すと、男にも見えるように広げてやった。

「ちなみに、お前が違法に偽造したこの証書も、全部無効なのは、よくわかってるよな？」

「⁉　いつの間に……⁉」

ドローンを自動制御にして、回収させておいた。

図体は大きいが、彼らの動きは緻密《ちみつ》に制御できる。それくらいのこと、造作もないのだ。

「これを持って警察に行ってやろうか？　まず間違いなく、逮捕されるだろうな。詐欺罪、脅迫罪、暴行罪。どれでも好きなのを選ぶといい」

もれなく懲役刑がついてくるだろう。

もちろん、過去にやった犯罪の情報も全て警察に提出する。こいつに恨みを持つ人たちが一斉に立ち上がれば、刑事でも民事でも、裁判が止まることはない。

「クソ、このガキ……！」

衝突してくるドローンに身を縮めていると、男はスマートフォンを取り出して素早く指を動かすと、

「こっちだってな、こんな時のアプリも渡されてんだよ……！」

男がスマートフォンの画面を押したのと同時に、ドローンが急に動きを停止した。

そして、まるで飛び方を突然忘れてしまったかのように、次々とドローンが床に落ちていっ

た。

「へえ。センサーインジェクション、ね。なかなか準備がいい」

ドローンは超音波を計測して自身の位置を調節している。

その超音波を計測するセンサーに異なる超音波をぶつけてやれば、簡単にドローンの空中制御を崩してやることができるのだ。

ぼとぼとと落ちていくドローンを見ながら、男が再び口元を卑しく歪《ゆが》める。

「最初は、なんのことだと思ってたけどな……テメェがおかしなことをする奴だってのは、わかってたらしいな……っ」

「渡された、ね。そうか。黒猫にもらったんだな？」

「カカッ、なんだ知り合いかよ。どんな恨み買ってんだか知らねぇが、これで形勢逆転だな」

やはり、黒猫が裏でこの男を操《あやつ》っていたようだ。

おそらく、あらかじめいくつかの状況を想定し、それに対応したアプリを用意しておいたのだろう。

しかし、だからと言って、状況が変わったかと言われれば、そんなことはない。

「形勢逆転？　なにか、勘違いしてるんじゃないか？」

「あ……？」

征斗は小さく息をついてから、冷ややかな視線を男にぶつける。

「形勢なんて、なにも変わってない。さっきも言ったはずだぞ。ネットワークが繋がっている限り、ここは俺の支配下《テリトリー》だって」

征斗が軽くスマートフォンを操作すると、再びドローンたちがふわりと上昇を始める。

「な……っ⁉　なんでだよ⁉　確かに、止めたはず……⁉」

「止めた？　違うよ。あんたはただ、渡されたアプリを起動してボタンを押しただけだ」

それを自分の能力だと思うのは、勘違いも甚《はなは》だしい。

征斗は単純に、ドローンの超音波センサーを切り、ジャイロセンサーだけの制御に切り替えただけだ。

「ただ与えられたアプリを使うのと、原理を理解して操作するのとじゃ、根本的にできることが違うんだよ。それに」

征斗はスマートフォンに届けられた皐月からのメッセージを一瞥し、淡々と続けた。

「物理的な痛みだけで済むと思ったら、大間違いだ」

征斗が背後を振り返ると、そこにあった大型スクリーンがふっと動画を映し出した。

そこには、男が行ってきた悪事の証拠として集めた、数々の監視カメラの映像が分割して再生されていて。

「こ、これ、なんだよ……⁉　なんで、俺の映像が……⁉」

「仲間に頼んで集めてもらったものだよ。これはオンタイムで、世界中の警察や治安機関に配置されているディスプレイで垂れ流しにしているところだ」

日本語だけではなく、英語、スペイン語、中国語に翻訳して、配信している。

全て、世界中にいるピースメーカーのメンバーが用意してくれたものだ。

「よかったな。これで有名人だ。どこへ逃げようとも、必ずお前を追いかける存在がいることになる」

海外へ逃亡しようとも、無駄だ。地球の裏側に逃げようとも、そこにネットワークが存在する限り、ピースメーカーの手からは絶対に逃れられない。

「クソ、こんなこと聞いてねぇぞ……！」

男は分が悪過ぎることをようやく悟ったのか、頭を抱えながら、走って逃げていった。

それを見送ることもなく、ドローンに周囲を警戒させた状態で、征斗は香乃に駆け寄る。

「大丈夫か、香乃。怪我してないか？」

「は、はい、大丈夫です」

香乃に駆け寄ると、外傷がないことを確認する。

「悪い、あの男が香乃をつけてるって情報は入ってたんだが、人が多くて居場所の特定が遅くなった」

「いえ、そんな——あっ」

香乃はなにかに気づいたように、転がっていた自分のスマートフォンを手に取ると、

「私の写真……！　あの人に取られたままです……っ！」

「そんなもん、後でまた撮ればいいだろう」

「それじゃ、ダメなんです！」

香乃はスマートフォンを胸に抱き締めると、必死な様子で訴えてくる。

「好きな人と、本当に大好きな人と一緒に撮った、初めての写真なんです！　あれは、私の宝物なんです！」

「……香乃」

征斗が想像していた以上に、香乃にとって、あの写真は大切なものだったらしい。

香乃はすぐにはっとした表情で視線を落とすと、

「あ……ご、ごめんなさい……そんなこと、言ってる場合じゃなかったですよね……」

攫《さら》われていた事実を思い出したのか、しゅんと肩を落としてうなだれてしまう。

征斗はドローンを自動制御モードに移行させると、スマートフォンをポケットに戻した。

「それほど、心配する必要はないだろ」

「え……？」

きょとんとした表情の香乃に、征斗は男が逃げた先を指し示すと、小さく笑った。

「後は、正義のヒーローがなんとかしてくれるさ」

※　※　※

大型のドローンは、建物を出るとそれ以上追ってはこなかった。

「クソ……ハメられたのは、俺の方だったわけか……！」

このパークでの一連の行動は、全て、ある人物からお膳立《ぜんだ》てをされてのことだ。

どういう理由なのかは知らない。どんな力を持っている相手なのかもわからない。

ただ、それなりの額の金を前金として振り込まれていた。それだけで、仕事を受けるには十分な理由になる——そう思っていた。

「割に合わねぇぞ、こんなの……！」

しかし、今となっては、それが安過ぎる代償だったことがわかる。

最初から、捨て駒《こま》として使うつもりだったのだろう。その証拠に、あれから一度も連絡が取れていない。

都合のいい話に乗ってしまった自分に舌打ちしながら、とにかく、今はこのパークから脱出することだけを考えていた。

「……？　なんだ、あいつ……」

もうすぐアトラクションの敷地を抜けられるというところで、出口の前に、妙な奴が陣取っていた。

全身が黄色いタイツで、顔もフルフェイスのヘルメットのようなもので覆《おお》われている。

いわゆる、戦隊ヒーローのような格好だ。

そいつが、だらりと右手に長い棒を持ち、身体を半身に構えた状態でこちらを待ち構えるように立っていた。

「…………」

「おい、そこどけよ！」

叫ぶも、相手は動く気配を見せない。

幸い、こちらの手元にはまだナイフがあった。一撃してやれば、ビビって逃げるだろう。

そう思って、腰溜《た》めにナイフを突き出したところで、

「な――――っ⁉」

何故か、自分が宙を舞っていた。

ぐるりと世界が回転したかと思うと、思いっきり背中から地面に叩きつけられる。

「がはっ⁉」

「――言ったはず。たとえここがわたしの国でなくとも、悪は許さないと」

聞こえてきたのは、少女の声だった。

呼吸すら上手《うま》くできない中、全身タイツがヘルメットを脱ぎ捨てる。

そこから現れたのは、いつぞやのアパートでこちらを棒切れで一撃してきた、騎士気取りの

女だった。

「て、てめ……ッ!?」

「そもそもとして、わたしの友達に手を出すというのなら――」

冷ややかな眼差《まなざ》しで転がったこちらを見下ろしながら、少女は容赦なく手にしていた棒を首筋に叩きつけてきた。

「ご……っ!?」

「それ相応の結末は、覚悟してもらう」

薄れゆく意識の中――

少女がどことなく満足気な表情で腕を組んでいるのが、見えたような気がした。


瑠璃が男を投げ飛ばし、ついでに一撃して意識を刈り取ったところで、離れた場所で見ていた澪が、おそるおそる近寄ってきた。

「し、死んじゃったの……?」

「ううん。けど、一時間はこのままのはず」

もっとも、目が覚めても、しばらくは痛みで悶絶《もんぜつ》することになるだろう。そういう場所を狙っておいた。

「こいつ、どうするつもり？」

「爺やたちに任せて、洗いざらい、というのも手だけど」

それだと、最後は遠洋漁業に出させられるか、またまた、そのまま魚の餌《えさ》にさせられるか、どちらかになるだろう。

自業自得かもしれないが、それはちょっと、正義のヒーローっぽくない。

「ここは、この国の警察に任せることにする」

「そ、そうね。あまり、事情もよくわからないし……」

澪は、こくこく頷いて賛同してくる。

お嬢様には、少し刺激が強い展開だっただろう。さっさと立ち去る準備を始めたところで、にわかに外が騒がしくなってくる。

「もう来た。通報してたの？」

「え？　ううん、私じゃないけど……」

困惑気味に首を振る澪。となれば、他には一人しかいない。

「一体、征斗は何者なんだろう？」

この男がパークに来ていて、かつ、香乃にちょっかいを出していることを知らせてきたのは、征斗だ。

何故か瑠璃たちがここにいることを知っていた征斗は、この男がこの場所へ逃げ込んでくるから、討伐《とうばつ》するように頼んできたのだ。

もちろん、最初は半信半疑だったが、結果的に全て征斗の言った通りにことが運んだ。

「それはわからないけど。でも」

澪は少しだけ考えるような間を置いてから、至極当たり前な事実を口にしてきた。

「それって、重要なことかしら？」

「……ううん。どうでもいい」

そう、どうでもいいことだ。

大切なのは、どんな経歴を持っているか、ではない。どんな相手であるか、だ。

そして、その相手が自分の好きな人であるならば、なおさらどうでもいいことだろう。

「なら、見つかる前に逃げる。面倒なことに巻き込まれたら、爺やに怒られるから」

「そうね。あー、安心したら、ちょっとお腹が空いちゃった」

「同じく。無性にお肉が食べたい気分」

瑠璃はヒーロースーツを脱ぎ捨て、付属のビームソードを放ると、澪と共にその場を脱出する。

※　※　※

その後、警察にいろいろ聞かれたが、知らぬ存ぜぬで押し通した。

そうこうしている間に、日が暮れ、パークの営業時間は花火とともに終わりを迎えていた。

閉園ギリギリまで粘っていた人ももう帰路についた後で、征斗と香乃は二人で家の近くまで帰ってきていた。

アパートのすぐ近くまで戻ってきたところで、征斗が口を開く。

「……悪かったな」

「え？」

隣を歩いていた香乃が、きょとんとした表情で聞き返してくる。

「どうして、征斗先輩が謝るんです？」

「いや、せっかくの遊園地だったのに、って思ってな」

征斗にとっては想定の範囲内であったが、香乃には少しスリリングな一日になってしまっただろう。

結局、あの男は警察に逮捕された。皐月に頼んで、ピースメーカーで収集したあの男の前科を全て警察と検察にリークしてある。

余罪という余罪を追及され、当面は塀の向こう側から出てこられないだろう。

問題は解決したが、せっかくのお出かけは散々な一日になってしまった——そう、心配していたのだが。

「最後はちょっとあれでしたけど、私は、すっごく楽しかったんですよ？」

「そうなのか？」

「もちろんですっ」

意外にも、香乃はそう言って笑っていた。

さすがに少し疲れてはいるようだが、想像していたほど落ち込んではいないようだった。

それどころか、むしろ持ち前のポジティブさが発揮されているようで、

「一日中、征斗先輩と一緒にいられて、征斗先輩の意外な面も見られて。それに」

はにかんだような笑みを浮かべてから、香乃はそっと自分の胸に手を添えた。

「最後はまた、征斗先輩に助けてもらっちゃいました。まだ、胸がドキドキしてるんですよ？」

頬を赤くして、そんなことを言ってくる。

香乃はねめつけるように征斗を見上げると、

「もうもう……こんなに征斗先輩のこと何度も何度も好きにさせて、どうするつもりなんです？」

「……そんなこと、知らん」

本当に、困ってしまう。

香乃のことをどうでもいい奴だ、と思えれば、冷たくあしらって終わり、でよかっただろう。

しかし、今となっては、香乃がどういう人となりをしているのか、多少なりとも把握してい

る。

それが純粋で、お人よしで、個人的に好ましい人物であることもまた、よく理解していた。

「何度も言うが、お前は人を簡単に信用し過ぎだ。そして簡単に人を好きになり過ぎだ」

「そうでしょうか……？」

「そうだよ」

自覚がないところが、一番怖い。

香乃は不思議そうにしながらも、隣を歩く征斗を見上げてきた。

「でも、それは、征斗先輩も同じじゃないです？」

「なんでだよ」

「だって、ちょっと意地悪な時はありますけど、結局、いつも私のことを助けてくれますから」

言って、嬉しそうに微笑む。

そして、香乃は後ろで手を組むと、悪戯めいた口調でこんなことを聞いてきた。

「もし私が悪い人だったら、どうするつもりなんです？」

「…………」

今日の目的を思い出す。

いろいろあって忘れかけていたが、今日は、香乃が黒猫かどうかを確かめるためのデートだったはずだ。

結局、写真のデータは男のスマートフォンから取り戻し、香乃のスマートフォンに戻してある。

あれだけのことに巻き込まれたが、それが香乃の自作自演ではないと、理屈上は言い切れない。

征斗はスマートフォンを取り出し、例のＳＮＳを確認しようと思って――

それを、やめた。

「たとえ、お前が悪い奴で、実は悪意を持って俺に近づいてきたんだとしても――」

ポケットにスマートフォンを戻しながら、征斗は大きく夜空を仰《あお》ぐ。

そして、胸の中に一つだけ残った真理を、こぼれるように口にした。

「俺は、お前を助けることをやめないだろうな」

「え……？」

香乃が、ふと気の抜けたような顔で動きを止めた。

一瞬、母親の微笑みが、征斗の脳裏《のうり》を過《よ》ぎる。

あんなことが二度と起こらないように、征斗はピースメーカーの活動を始めたのだ。

そしてそれは、特定の誰かだけを守るためのものではない。

「相手が誰だろうと、困っているなら、手を差し伸べる。泣いているなら、その原因をなくしてやる。俺は、それが本当の正義だと思うから」

損得でやっているわけではない。

認められたいわけでも、褒められたいわけでもない。

ただ、困っている人がいて、助けを求めている人がいる。その人たちを守り、手を差し伸べ、そして、時には敵となるものを排除する。

純粋に、それだけのことで。

「困っている人を助けるのに、理由はいらない。ただそれだけの、シンプルなことなんだよ」

それが、征斗の行動原理であり、征斗にとっての正義なのだ。

もしかしたら、香乃が自分を騙しているのかもしれない。あらゆる行動が演技なのかもしれない。

しかし、そんなことはどうでもいい。征斗が正義を行使しない理由にはならないのだから。

「征斗先輩っ」

香乃は甲高い声を上げると、征斗の前に回り込んでくる。

思わず立ち止まった征斗は、目の前で両手を握り締めている香乃に首を傾げた。

「な、なんだよ」

「改めて、言わせてほしいんですっ」

自分の心の中にある気持ちを言語化しようと、一生懸命に言葉を探しながら、香乃はその一つ一つを紡《つむ》いでくる。

「やっぱり、私は、何度も、何度でも――あなたに恋をしてしまいます」

その真っ直《ます》ぐな気持ちは、どんな盾でも防げないほど、強烈に征斗の胸を貫いてきて。

「すぐに答えてもらわなくても、いいんです。ううん、私のことを嫌いなら嫌いで、別に構いません」

この子の勇気は、きっと、征斗が持つもののような、ちっぽけなものではないのだ。

だから、何度でも、どんなことがあろうとも、その気持ちを貫き続ける。

その勇気があり、そして、それに至るだけの本当の心がある。

「でも、この気持ちだけは、もう絶対に止めることができないから」

そこにあるものを抱き締めるように、香乃は胸の上に両手を重ねた。

心からの願い。魂からの叫び。そんな形のない感情という衝動が、香乃という一人の少女を、恋する女の子に変えてゆく。

恋をした女の子は気高く、そして、美しいのだ。

そんな強さを持った香乃は真っ直ぐな瞳で、強い意志を込めて、ただただ純粋な気持ちを征斗に伝えてくる。

「私は、あなたのことが好きです。大好きです。ですから――」

そこにある、ただ一つの願いは、とても純粋で、美しく、そして、健気《けなげ》なものだった。

「――あなたのことを、ずっと好きでいても、いいですか？」

その願いは、どこまでも、どこまでも透き通っていて――

なによりも、誰よりも、真っ直ぐなその気持ちに、征斗はただ、撃ち抜かれるより他なかった。

そして、これが――

ちょろいんたちに出会い、ちょろいんたちに振り回される、最初の事件が終わりを告げた合図だった。

終章

Last Chapter

Choro desuga koibito ni naremaser

パークでの出来事があってから、一週間が経過した。

平和な日常を取り戻した、次の週末。誰《だれ》も客がおらず、亜里沙《ありさ》と香乃《かの》も休憩に入ったタイミングで、皐月《さつき》がこう告げてきた。

「あのSNSのアカウントは、結局、あれから更新されていないようだね」

愛機を気怠《けだる》そうに弄《いじ》りながら、皐月がコーヒーカップを口元で傾ける。

皐月はあれから、ずっと一連の事件の顛末《てんまつ》を追いかけてくれていた。

「撮られた写真があのアカウントにアップされていたのは、やはり、香乃のスマホから盗まれたからだろう」

「ええ。つまり」

征斗《まさと》はトレイをテーブルに置きながら、カウンターの席に座る。

「あの男にアプリを提供した奴《やつ》が、黒猫《Black Cat》ってことになりますね」

「確定はできないけれど、その可能性が高いだろうね」

実際、香乃のスマートフォンを調べたところ、最初の写真が盗まれた形跡があった。

もちろん、香乃が自作自演をした可能性だって、ゼロではない。

だが、とりあえずその可能性は除外して考えた方がよさそうだ。理屈ではなく、感覚の話になってしまうが、あの香乃がやったとは、正直考えにくい。

「だとすると、結局、黒猫が遊園地でしたかったことは、一体なんなのだろうね」

「推測ですけど」

征斗の前にカップを差し出してきた皐月へ、礼を告げてから続けた。

「こちらのスキルや設備の状況を探っていたんじゃないでしょうか」

「……なるほど。それはありそうな話だね」

難題をふっかけ、それを解決するに至る過程を見ることで、相手のスキルを把握する。圧迫面接のようなものだ。おそらく、どこからかピースメーカーの動きや征斗の行動を監視していたのだろう。

「黒猫がどれくらいの情報を持っているのかはわかりませんが、ピースメーカーの全《すべ》てを知っているわけではないでしょうから」

構成人数や設備、スキルや情報伝達方法など、敵対勢力が欲しがる情報はいくらでもある。ただ、征斗が構成員であることは、証拠はないにせよ、疑われていると考えた方がいい。

「どれくらい、情報を取られたかな」

「わかりません。ただ、香乃のスマホに、こんなメッセージが残されていました」

言って、皐月の愛機に画像ファイルを転送する。

それを開いた皐月が、ほう、と感嘆の声を上げた。

『とっても素晴らしいハックだったよ！　ますます、あなたのことが好きになっちゃった！』

黒い猫のイラストと共に、そんなことが日本語で書かれている。

翻訳ソフトを使った可能性もあるが、相手は日本人、または、ある程度日本語に堪能な人物である、とみるべきだろう。

「それらしき人物は、周囲にいたかい？」

「いえ。あの男も、顔を合わせたことはないらしいです」

警察に捕まったあの男の調書を盗み見たが、どうやら、相手と会ったことはないらしい。

現状では、黒猫が男か女かすらわからないが、あの時、パーク内にいた可能性は高いだろう。

「ま、この問題はおいおい考えるしかないね。それよりも」

カウンターから身を乗り出し、皐月が楽しそうに微笑《ほほえ》みながら小声で告げてくる。

「結局、香乃の告白に、キミはなんて答えたんだい？」

「…………」

にやにやと、実に楽しそうな笑みを浮かべながら、皐月がコーヒーカップを指で弾《はじ》く。

「はっきりしない男は嫌われるよ？　亜里沙との関係も、進展していないようだし」

「……なんで知ってるんですか」

「簡単なことさ」

うろたえる征斗を愉快そうに見やりながら、皐月は探偵を気取《きど》るかのように長い脚を組み替えた。

「もし関係が進展していたら、うちの従業員のどちらか一方が、少なくともここを去っているだろうからね」

「…………」

亜里沙に振られれば亜里沙が去り、亜里沙が受け入れたら香乃が去る。

確かに、征斗が行動を起こしたのであれば、そうなるかもしれない。

「……前にも言いましたが、俺《おれ》は誰とも付き合うつもりはありません」

「相変わらず生真面目《きまじめ》だねぇ。けど」

皐月はふっと、優し気な笑みを向けてきた。

「恋する気持ちというのは、誰にも抑えられないものだよ。キミが、キミの決意を揺るがすほどの恋をした時、そのことに気づくことだろうさ」

「…………」

なにも言い返せず、誤魔化《ごまか》すためにコーヒーへ口をつけていると、全てを見通したかのように皐月が微笑んだ。

「大いに悩むといいさ。自由に恋をできる時間というのは、とても悩ましく、そして、とても貴重なものだからね」

　悟ったようなことを言って微笑み、皐月は厨房へと消えてしまう。

　入れ替わるように休憩から戻ってきた香乃が、ちょこちょこと小走りに征斗へ駆け寄ってきた。

「先輩先輩、征斗先輩」

「……なんだよ」

　ついつい、つっけんどんな言い方になるが、香乃は全く気にしていない様子で、手にしていたものを掲げてみせた。

「これ、ありがとうございました！　でも、本当によかったんです？」

「ああ」

　香乃が手にしているのは、これまでとは別のスマートフォンだ。

　香乃が使っていたスマートフォンは、いろいろなバックドアが仕掛けられていたため、別の物に交換した方がいいと判断した。

「新しいのに買い替えてから、使ってなかったやつだからな。活用してくれるなら、その方がいい」

「でもでも、決して安い物では……」

「いいんだよ」

征斗はコーヒーカップを持ち上げ、カウンターに頬杖《ほおづえ》をつきながら、淡々とした口調で答える。

「それで香乃の安全が買えると思えば、安過ぎるくらいだ」

「…………っ」

征斗の言葉に、香乃が射抜かれたかのようによろめくと、

「ま、また、胸がきゅん、ってしちゃいました……もしかして、征斗先輩は、私を惚《ほ》れ死させるつもりなのです⁉」

「……なんだ、そのけったいな死因は」

「征斗先輩のせいなんですっ」

胸を押さえ、真《ま》っ赤《か》になりながら、香乃がそんなことを言う。

「というか、ここであんまり変なこと言うな。もし美月《みづき》に聞かれたら――」

「？　わたしがどうかしたの、久世《くぜ》くん？」

「っ⁉」

反射的に、椅子《いす》を蹴《け》るようにして立ち上がった。

振り返った先には、亜里沙がきょとんとした表情を浮かべたまま、トレイを持って立っている。

「美月⁉　いつからそこに⁉」

「え？　今だけど……どうかしたの？」

征斗と香乃を交互に見ながら、亜里沙が小首を傾《かし》げる。

「い、いや、なんでもない。気にするな、本当になんでもないから」

「そう……？」

不思議そうにしながらも、香乃は思い出したように別の話題を口にしてくる。

「それよりも、聞いたよ、久世くん。ＴＭＬで大活躍だったって」

「……大活躍って、なにが？」

余計なことを言うな、と香乃に釘《くぎ》は刺しておいたが、どうやらお口のチャックは壊れているらしい。

こっそり香乃を睨《にら》むと、わざとらしく視線を逸《そ》らして、吹けない口笛を吹こうとする。

亜里沙はそんな二人のやり取りに気づいていない様子で、

「細かいことは教えてくれなかったけど、逢妻《あいづま》さんが変な人に連れて行かれそうになったのを、助けてあげたんでしょ？」

「ああ……まあ、少しだけ」

それくらいなら否定することもないと、頷《うなず》きを返す。

「逢妻さんが、ずっと久世くんが格好よかったとか、凄かった、とか、そればっかりで」

くすくす笑ってから、亜里沙はトレイで口元を隠すようにすると、

「いいな、私も久世くんの格好いいところ見たかったな」

「……そう、か？」

「うん」

頷いて、上目遣《うわめづか》いで覗《のぞ》き込んできた。思わずくらりとしてしまいそうになる。

それだけで、破壊力抜群だ。

「……むむむ」

隣では、何故《なぜ》か香乃が難しく唸《うな》っていた。

「征斗先輩っ」

「な、なんだよ」

「ダスターの場所を教えてください。私、まだ教わってませんっ」

「なに怒ってるんだ」

「怒ってなんかいませんっ」

ふんだ、と大げさな動きでそっぽを向く。

そんな香乃に苦笑しながら、征斗はふと、大切なことを思い出した。

「あ、そうだ、忘れてた」

ポケットに放り込んでいたピンバッジを取り出すと、それを店の制服のプリーツにつけてやった。

昨日のいざこざがあった時、香乃が落としていたのを拾っておいたのだ。

間抜けな顔の犬が、香乃の動きに合わせて小さく揺れる。

「もう忘れるなよ」

「あ……っ」

拗《す》ねていたのはどこへやら、ふにゃりと、香乃は泣きそうな表情になると、

「もうもうもう！　やっぱり、私を惚れ死させるつもりなんですね⁉」

そんなよくわからないことを言って、香乃が詰め寄ってきた。おかしなことを言うなと改めて釘を刺しながら、征斗は天井《てんじょう》を仰《あお》ぐ。

今日も相変わらず、騒がしく、客の来ない一日になりそうだった。

ちょろいん記録　?.時間

その話を聞いたレーナは、聞き慣れない国の名前に首を傾げた。

「日本……ですか?」

「うん、そうなの!」

友人のカティアが、興奮した様子で告げてくる。

雪が降り積もる道を、二人は慣れた様子で歩いていた。学校の敷地内の移動とはいえ、この寒さは身に突き刺さるものがある。

しかし、カティアはそんな寒さも忘れた様子で、仕入れたばかりの新鮮な情報を話すのに夢中だった。

「あたしたちを助けてくれた天才ハッカー集団、ピースメーカーのリーダーは、日本にいるっていう噂《うわさ》があるんだって!」

「日本……確か、極東にある、小さな島国ですよね?」

「そうそう」

大きな胸を主張するように胸を反らしながら、カティアは当時のことを思い出しながら言う。

「いきなりスクールバスごとジャックされて、知らない土地で売り飛ばされそうになった時は、本当にもうダメかと思ったわ」

「そうですね。私も、いろいろと覚悟をしていました」

あの時、レーナとカティアは、学校から帰るため、スクールバスに乗っていた。

それが謎《なぞ》の武装集団に襲われ、バスごと攫《さら》われてしまったのだ。

一日以上かけて、全く知らない土地に連れて行かれ、そこで全員が売り物になるのだと聞かされた。

反抗した男子生徒が袋叩きにされたのを見て、この世界に縋るべき神はいないのだと絶望していた、まさにその時。

「軍が踏み込んで来た時は、神様が助けに来てくれたのかと思ったけど、ニュース見たでしょ？」

「はい。もちろんです」

自分に関連することだ。当然、あらゆるニュースを追いかけた。

そこに出てきたのは、ピースメーカーという名前。世界を騒がせている、ハッカー集団だ。

「ピースメーカーというハッカー集団が、世界的な人身売買組織と、それに加担していた国際詐欺グループの情報を全部、軍や警察にばら撒《ま》いたって」

「凄いよね！」

カティアが興奮したまま両手を組むと、雪が降る薄暗い空を見上げた。

「そのリーダーっていうのは、一体どんな人なのかな？」

「わかりません」

ゆっくりと、レーナは頭を振る。

「ですが」

天を仰ぎながら、レーナは心の底から湧《わ》いてきたその感情を、素直に口にした。

「私はその人に、どうしても、一度会ってみたいんです」

まだ見ぬ、その人に会うのは、少しだけ先のことだったが――

きっと、レーナの中で、名前も知らないその人への恋が、この時既に始まっていたのだ。

あとがき

年に一日だけ、ネットを使わない日、という日を決めています。

正確には、パソコンにもスマホにもタブレットにも触らない日。

スマホに連絡が来ようが、通知が鳴りまくろうが、知らんぷりをして過ごす一日です。

とはいえ、急にすることがなくなっても暇なので、前日にしこたま本を買い込み、それを机の上に積んだ状態で、ひたすら読み込んでいきます。飽きてきたら散歩したり、お菓子を買いに行ったり、ごろごろしてみたり、また本を開いてみたり。

やってみると、結構、一日が長いことに気づかされます。

そして、自分がいかに時間を潰すのが下手くそなのかと、痛感させられたりもします。

ついつい無意識にスマホへ手が伸びたり、タブレットを捜している自分がいたりと、いかにデバイスに依存した生活をしているのか、自認する一日になることが多いです。

そして、一日の終わり頃になると、ないならないで、別に大して困らないことにも気づいてしまったりもします。

本作は、そんな電子の世界で縦横無尽に活躍する、天才ハッカー集団を纏《まと》め上げる少年と、それぞれの事情で現れた三人のちょろいんたちが、出会うところから始まります。
正義を求める少年と、ちょろいんたちとが邂逅《かいこう》する本作を、少しでも楽しんでいただければ幸甚です。

最後になりましたが、謝辞を。
本作よりご担当いただきました、新担当の宇佐美様。いつもロジカル、かつ、熱量に満ちたご助言やサポートをしていただいたおかげで、なんとかここまで辿り着けました。本当にありがとうございました。引き続き、よろしくお願いいたします。
また、素晴らしいイラストの数々で女の子たちに命を吹き込んでくださった、TwinBox様。誰よりも可愛く香乃《かの》たちを描いていただきまして、本当にありがとうございました。躍動感と可愛さを兼ね備えたイラストを拝見するたびに、感動させられるばかりでした。重ねて、感謝申し上げます。

そして、本書を手に取っていただきました全ての方に、最大級の感謝を。

七条　剛

ファンレター、作品の
ご感想をお待ちしています

〈あて先〉

〒106－0032
東京都港区六本木2－4－5
ＳＢクリエイティブ（株）
ＧＡ文庫編集部 気付

「七条剛先生」係
「TwinBox先生」係

**本書に関するご意見・ご感想は
右の QR コードよりお寄せください。**

※アクセスの際や登録時に発生する通信費等はご負担ください。

https://ga.sbcr.jp/

ちょろいんですが恋人にはなれませんか？

発　行　　2018年9月30日　初版第一刷発行
著　者　　七条　剛
発行人　　小川　淳

発行所　　SBクリエイティブ株式会社
〒106－0032
東京都港区六本木2－4－5
電話　03－5549－1201
03－5549－1167（編集）

装　丁　　AFTERGLOW

印刷・製本　中央精版印刷株式会社

ISBN978-4-7973-9803-8
Printed in Japan

GA文庫